ハヤカワ文庫SF
〈SF2402〉

宇宙英雄ローダン・シリーズ〈686〉

〈九月の朝〉作戦

アルント・エルマー&クルト・マール
井口富美子訳

早川書房

8928

PERRY RHODAN

PROJEKT SEPTEMBERMORGEN

ZWÖLF RAUMSCHIFFE NACH TARKAN

by

Arndt Ellmer

Kurt Mahr

Translated by

Fumiko Iguchi

First published 2023 in Japan by

HAYAKAWA PUBLISHING, INC.

This book is published in Japan by

arrangement with

PABEL-MOEWIG VERLAG KG

through JAPAN UNI AGENCY, INC., TOKYO.

目次

〈九月の朝〉作戦

〈九月の朝〉作戦

アルント・エルマー

登場人物

アトラン……………………………アルコン人
グッキー……………………………ネズミ＝ビーバー
アンソン・アーガイリス………《レッドホース》船長。ヴァリオ＝５００
ルムス・シャーマン……………同副長
ガンドルフ・リウス……………同首席通信士
ジェロ・リウス……………………同首席技術者。ガンドルフの双子の兄
ニッキ・フリッケル……………《ソロン》船長
アーネスト・ブリーベスカ……同搭乗天文学者
ナー・アイラ＝ヴィルン………カルタン人。惑星タルクーンの庇護者
アルグマー…………………………ハウリ人。ヘクサメロンの預言者

1

「保安規定は知っていますね、メルマトル」警備ロボットが説明をはじめた。「あなたの身体構造を分析して転送しましたが、インポトロニクスはあくまでも全身を識別するよう要求しています！」

「どうしてもというならしかたない。やってもらおうか」青白い顔の小柄で華奢《きやしや》なテラナーはそういうとため息をついた。「いますぐでいいか？」

「もちろんです。あなたを上級メンバーとして登録しました。どうぞお通りください！」

メルマトルはロボットから離れ、通廊を進んだ。床に引かれた目立たないグレイのラインをまたいで行く。ふだんは触れたら確実に死ぬエネルギー・シールドが張られている個所だ。メルマトルの背後で、それまで消えていたシールドがまたオンになった。人間の目には見えないが、ロボットの敏感な目と探知システムならすぐに気がつく。メルマトルが通廊の行きどまりまで進むと、目の前に反重力シャフトが高くそびえ立ち、プロジェクションされたスピーカーフィールドから声がした。

「ようこそ、メルマトル！　いまどきのアンドロイドやクローンがどれほど高性能かは知っているでしょう。本人確認システムに関しては、たとえあなたでも例外にはできません。それに、すでに死亡届が出されています！」

「もう十七年以上前のことだ」テラナーはそういうと反重力シャフトに入り、搬送フィールドにつつまれるようにして月の内部へとおりていった。「それほど長いあいだ死人あつかいされていた人間は、たいてい永遠に生きるものだ！」

「統計による裏づけを知りたいですか？」メルマトルはあとをついてきた音響フィールドにあわてて手振りで否定した。

「ありがとう、ちがうんだ！　適当な情報を提供しただけだ！」

「わかっています、ヴァリオ＝５００」見えない話者の声が説明した。「ティコ４７ＺＵ１２をあなたに用意しました。道しるべは必要ですか？」

メルマトルは苦笑いした。

「おんぼろの鉄箱さんよ、必要ない。だいたい、ここは自分の庭みたいなもんだ！」

かれは二十三階でシャフトを出た。そこはもう岩層の下で、地表面とはちがって放射防護され、また月面を支えてもいる。ルナのハイパーインポトロニクスの補助メモリーと同じ高さだ。

さらに警備棟を通り抜けて巨大生体ポジトロンの本来の区域に到達し、五分もたたないうちに指定された司令センターに到着した。音もなく安全ハッチが開き、なかへ入ることができた。壁の大型スクリーンはすでに作動しており、ネーサンの紋章が表示されている。メルマトルはターミナルの前に一列にならんだシートのひとつにすわった。どこにすわっても同じだ。どのシートにもネーサンとの通信手段があった。

「かなり変わった情報収集のやりかたですね」メルマトルがシートにからだを沈めたとたんにネーサンが話した。「でも、あなたが不信感を持つのもわかります。情報源からじかに情報を確認したいんですね。それで、二週間前、あなたがハンザ・キャラバンと帰還したときに、わたしが伝えた情報では満足できなかったと」

「それはちがう」テラナーの疑似ヴァリアブル繭《まゆ》マスクを着けたヴァリオ＝５００は反論した。「ずっと前から一度ここを訪ねてみたかったんだ。以前ここにきたのは太古の昔だったからな！」

「では個人的な話をしましょう」と、ネーサンが応じた。「内部通信に切り替えてもらえますか！」

メルマトルはすぐいわれたとおりにした。かれのバイオポンシステムはルナの巨大ポジトロン脳と非常に近い親和性を感知した。ヴァリオ＝５００はシガ星人の科学者が考案し、ミクロ構造として開発されたものだった。もちろんネーサンと比較すると構造的な差はあったが、ヴァリオ＝５００の重要部分はハイパーインポトロニクスを縮小し、超小型化したものだ。どちらもセネカやハミラー・チューブに匹敵するほど高性能のプラズマ・パーツをそなえている。

ヴァリオ＝５００はネーサンとハイパー高速インパルスを使って無音の通信をおこない、短時間で人間の脳には想像もつかない量の情報を交換した。ネーサンは惑星オニキスでの監禁について詳細な情報をすべて直接取得して精通したし、反対にヴァリオはこの十七年間にふたつの力の集合体に襲いかかったことについて、およそ考えられるあらゆる情報をあたえられた。これらの情報をすべて音響的な方法で交換するとしたら、何週間も必要だったはず。そんな時間はヴァリオにもネーサンにもなかった。

数秒間で集中的に情報を交換したあと、ふたつのシステムは音響通信にもどった。ターミナルの信号ランプは、まだ司令センターがハイパーインポトロニクスのそのほかのすべての区域から完全に遮断されていることをしめしていた。

これは、ネーサンが自分の本体内にスパイがいると疑っているのではなく、ヴァリオ＝５００と話し合ったことをだれにも知られないためだ。上級メンバーにたいしておこなわれる通常の安全対策のひとつだった。ヴァリオ＝５００は持っているどのマスクを着けていようと、ペリー・ローダンやアトラン、そのほかの不死存在であるジュリアン・ティフラー、ホーマー・G・アダムス、ジェフリー・アベル・ワリンジャーなどが属するグループの一員だ。それにはハンザ・スポークスマン、LFTの首席テラナーや銀河系上級職のような責任のある政治家もふくまれている。

「現在の最大の謎のひとつはハウリ人です」ネーサンが音声で告げた。「〝時間終止作戦〟とはなんなのか不明ですが、すでに早い時点で、つまりこの宙域に最初のハンガイ銀河があらわれたときよりも前に、ハウリ人がこの通常宇宙の一部で活動していたという事実は、過小評価されてはならない危険性をしめしています。いつかだれかが、この問題にとり組む必要があります！」

「そのだれかをひとり知っている」と、メルマトル。

「そのだれかからちょうど連絡が入りました。銀河系のまんなかでたったいま起こったことについて。ご存じでしょう、ニッキ・フリッケルはなにかせずにはいられません。彼女がいちばんやりたいのは天地をひっくり返すことでしょうね」

メルマトルの顔に意味ありげなほほえみが浮かんで消えた。そして、「まあそう心配しなさんな、ブリキの箱さん」と、つぶやいた。

「で、銀河系でなにが起こったんだ？」

「ヴィールス船団がエスタルトゥから到着しました。五十万隻、ヴィーロ宙航士は約十五億名。堂々たる数です。これがいったいどうなるのかはまだわかりません！」

「それでぜんぶか？」

「はい。いうまでもないことですが、全員がヴィーロ宙航士です。ワリンジャーが到着しました。それに、レジナルド・ブルとイルミナ・コチストワも。ふたりはイジャルコルに恩赦をあたえられました。もうトシンの印がとれて、エスタルトゥをはなれることができたんです」

「それは大事件だ！」メルマトルはそういうとシートから立ちあがり、ドアへ急いだ。

「テラに至急連絡しなくては！」

ドアは閉じられたままで、フレームが赤熱《せきねつ》しはじめた。その上にある日付表示はNGZ四四七年八月十日をしめしていた。ヴァリオは心のなかで、きょうはこのあとどうなるのだろうと思った。

ドアに向かって身を投げ出すと、転送機フィールドがかれを非物質化して月からテラへと運んだ。

＊

メルマトルはジェン・サリクにすこし似ているがもっと繊細な顔立ちで、細いのに腹だけが膨《ふく》らんでいるというややグロテスクなからだとは釣り合わない。なにも知らない人は初対面でちょっと面食らうだろう。

旗艦《レッドホース》に転移したメルマトルは皇帝のキャビンに入ると、注意深くハッチを閉め、リビングエリアの後方にある寝室に入った。高い位置にある壁かけ鏡の前に立ち、しばし自分を見つめたあと、背筋を伸ばした。秘密の信号で壁の一部が開き、細い通廊が見えた。意を決したように歩き出し、そのまま通廊に入ると、壁は開いたときと同じように音もなく閉じられた。ヴァリオ＝500が通廊に沿ってドアまで歩くと、やはり暗号信号でハッチが開いた。そこにはちいさなキャビンがあった。家具がいくつか無造作に置かれている。キャビネットのうしろにアームチェアがあり、その前にテーブルとふたつめのアームチェアがあった。壁ぎわには合成皮革のちいさなスツールが四脚ならんでいる。ロボットの目にはすべての物品の輪郭がぼやけて見えている。かれのセンサーが敏感なせいだ。ふつうの人間ならふつうにそこにあるように見えていただろう。

メルマトルは識別コードを発した。すぐにプロジェクションが消えた。家具が消え、疑似ヴァリアブル繭マスクを着けたロボットの前に、壁ではなくエネルギー・シールドと転送機があらわれた。転送グリッドが赤熱し、おちついた声が機器の準備が完了したことを告げた。それはメルマトルの固有振動に合わせて調整されていた。

メルマトルはフィールドに入って非実体化されると同時に受付室から出

た。金属で被覆された一帯を通ってハッチを通り抜け、長さ約四十メートル、幅二十メートルの通廊を進んだ。天井には何本ものポールがのびている。ポールには特殊なホルダーでさまざまな種の代表がぶら下げてあった。部外者が見たらまるで霊安室だ。ヴァリオ＝５００はこの奇妙な墓所の列の隙間に向かい、ひとつだけ空いているホルダーの前に立った。するとホルダーは動き出し、しなやかな二本の触手が伸びてきた。触手はメルマトルの両わきにさしこまれてそのからだをすこし持ちあげ、体重が足にかからないようにした。

メルマトルは明るい笑い声をあげた。それはこのからだでメルマトルが発した最後の声になった。なにか不可解なことが起こった。その男が自分のコンビネーションの前を開けると、薄く毛の生えた人間の肌がほのかに光っていた。その肌に裂け目ができ、メルマトルのからだが頸部から骨盤まで裂けた。裂け目はぱっくり口を開けているが、血は流れていない。何度か泡立つような音がして、裂け目の奥が銀色に輝き、身体倉庫の人工光に照らされてなにかが押し出された。それは長さが半メートル、いちばん太いところで直径が二十センチメートルの卵のかたちをしていた。まるで研磨された物体のように光っている。わきのほうへ漂ったと思うと、ほんのしばらくのあいだメルマトルの弛《し》緩《かん》したからだの前で動かなくなった。それからほかの繭マスクに沿って第一列の前端まで移動した。そこにはどっしりして人目を引く姿が垂れさがっている。卵はそのまわりを二周してとまった。

　スーパーアトロニタル合金シェルでおおわれ、シガ星人科学者の工房でつくられた内部構造を持つテラのスペシャル・ロボットがマスクを交換した。かれはすでに八百六十七個のマスクを持っていたが、八百六十八個めはもはや存在しないストーカー、ソト＝タル・ケルのものだった。ヴァリオ＝５００はいちばんのお気にいりマスクの前で決めかねたように動かなかった。

「アンソン・アーガイリス、目ざめろ！」突然卵がなり立て、疑似ヴァリアブル繭マスクのなかにするりと入った。ほんものそっくりのマテリアルのうしろに消えるとテレスコープ状の四肢と探知ヘッドを出した。マスクにぴったりの骨格がひろがり、前部の裂け目が閉じて数秒後には跡形もなく消えてしまった。惑星オリンプの老皇帝の手が衣服をつかんでととのえた。ホルダーはマスク用栄養システムといっしょにそっとからだを床におろし、定位置にもどった。

　人型に命が宿った。アーガイリスは重い足どりで転送機のある小キャビンを歩き、きた道をもどってリビングエリアに入った。寝室の壁かけ鏡がもとの位置にもどると、アーガイリスは精巧にととのえられた髪をなでながら満足げな声を出した。ポジトロン装置で船内通信に直接接続するほうがかんたんだったが、人間と同じようにテレカムを使った。司令室に連絡すると、すぐにルムス・シャーマンが小型モニターにあらわれた。

オリンプ生まれのエプサル人は相手がだれだかわかると目をみはった。

「あれまあ、老勇士！」そういいながら笑いがこらえきれない。「どうしたんだ？」

「牝のローストポークと連絡をとりたいんだ」

「いまは食事の時間じゃないですよ」《レッドホース》の副長はとりあわない。

「残念だな」ヴァリオ＝500の顔が不機嫌になった。「ためしてみるぐらいはできるだろうに！」

　結局、自分で船のポジトロニクスに接続し、現在は二隻の船が通常空間を移動中であることを突きとめた。メタグラヴ時間の回復のためにすこし休憩をとっていたのだ。

　モニターからエプサル人の顔が消え、ニッキ・フリッケルがあらわれた。目を大きく開けてアーガイリスをじっと見つめ、

「これはこれは」と、いって笑った。「目ざわりなほど骨張った美人になんのご用でしょう？」

「自己憐憫《れんびん》はよさないか！」アーガイリスは両腕を持ちあげ、てのひらを見せて冗談をはねつけた。「自由航行者の老皇帝がたったいま復活したんだ。異論はあるか？」

　ニッキ・フリッケルはそれには答えない。目を細め、唇も薄くなった。

「なにかよからぬことをたくらんでいるのね。見ればわかるわ！」

「わたしは老いて疲れた男にすぎない。この状態をどうにかできないか？　たとえばわ

たしになにかさせるとか?」

「それならできるわよ。気をつけて! あと十二時間で目的地に到着する。それまでに局部銀河群とその周辺の現在の状況について正確な分析を教えてほしいの。あなたは最新の情報を持っているでしょう」

「いちばん古い情報だって持っているさ」ロボット皇帝の顔が嫌味っぽくにやりと笑った。「食事に招待してもらえると思っていたんだが……」

「ばからしい、老いぼれ単細胞! そのくたびれた胃袋をいつもいっぱいにしていたら身を滅ぼすわよ。それに、ここだけの話だけど、そんなの食糧のむだ遣い。そうでしょ?」

「まあいいだろう」アーガイリスはため息をついた。「異論はない。では、わたしのほうの準備ができたら《ソロン》の転送機でこっちへきてくれ」

「だいたいいつごろになる? いとしいアンソン」冒険好きのワイゲオの夜の放浪者が甘ったるい声で聞いた。

「もうこっちへきてもいいくらいだ。分析は終わったよ!」

*

二隻がテラへと驚くべき帰還をはたしたのち、《ソロン》と《レッドホース》はしばしばらくのあいだ周回軌道にとどまっていた。アンソン・アーガイリスはハンザ・キャラバンの世話をして船が母港にもどれるように手配し、宇宙ハンザのほかのメンバーは乗員の世話を引き受けた。十七年を超えるオニキスでの流刑《るけい》から解放され、幸運にも帰還できたことは、多くの人にとってはまるで奇蹟のように思えた。

ただ、帰還途中にひとつだけ辛い出来ごとがあった。ファニュギィ夫妻の幼子が最高レベルの医療を受けたかいもなく死んでしまったのだ。その知らせは船がファニュギィを惑星ガタスにおろした直後にとどいた。

その間にも局部銀河群ではさまざまなことがあった。すでに解散が決まっていた三角座銀河情報局、ＰＩＧが、突然任務をあたえられた。

三角座銀河の状況は、つねに冒険を待ちかまえているニッキがついに地球をあとにする理由になった。八月十日、ヴィールス船団が銀河系に到着した。ヴィーロ宙航士の大半が各々の故郷惑星に降ろされた。メンターだけが船にのこり、銀河系、三角座銀河、ろ座の三銀河のあいだにある宙域に進んだ。そこはハンガイ銀河の一部が二回物質化された場所だった。危険ゾーンの外側の宙域には《バジス》がいて、その近くにある〝完成にいたる道〟の産物がヴィールス船団の目標になっていた。ここで、ヴィールス船のメンターたちはコズミック・バザール〝ロストック〟に移動することになっていたのだ。ヴィールス船団が銀河系をスタートして数日後、《ソロン》と《レッドホース》もスタートした。船団のあとを追い、そして九月はじめである現在、目的地は目の前だった。ヴァリオ＝500は近隣の科学ステーションとの通信により、銀河系に到着したアトランがすでに報告していたことを、はっきりと知ることができた。

エスタルトゥでは、戦争崇拝とプシオン・ネットの崩壊によって揺らいでいた力の集合体を強化するため、イジャルコルとストーカーが奔走していた。《チルガ・プウル》にいたナックは〝最後の六日間〟の預言者であり、それゆえにカルタン人の敵であると宣言していた。ハウリ人はこの状況を利用して、権力の維持にしか興味のないシングヴァと手を組んだ。その結果がどうなるかはまだ見きわめがつかない。プシオン・ネットの劣化がとまらないため、エスタルトゥとの通信が困難になり、現地の状況はこれまで以上に不透明だった。

だがアンソン・アーガイリスは、アトランとワリンジャーからも進捗《しんちょく》状況や《ツナミ＝コルドバ》でラトバー・トスタンがおこなった探索の成果について聞いていた。アーガイリスはキャビンを出ると、勢いよく司令室に急いだ。そこにはきたばかりのニッキがいた。

「仕事だ」アーガイリスの声が響きわたった。ニッキの手をつかむと、ニッキのからだ全体が揺れるほど強く振った。ニッキは握手の手をはなすと、怒ったようなまなざしをアーガイリスに向けた。

「わたしはハルト人じゃないのよ。分析結果を出して！」

「まずはデータだ！」老皇帝が指さしたシートにふたりはすわった。アーガイリスは足を組み、巨大なブーツの光沢ある革に両手を置いた。

「二百メートル級の船が十隻とアトランの《カルミナ》のほかに、ベクトリング可能なグリゴロフを搭載した《ツナミ＝コルドバ》がくわわった。これで、ペリー・ローダン救出のための遠征隊を阻《はば》むものはもうなにもない。おもしろいことに、何度もストレンジネス・ショックを経験した生物には、抵抗力ができるという。それゆえ、わたしの分析では、タルカン宇宙への移行はうまくいくはず。異宇宙のハンガイ銀河に着けば、ペリー・ローダンが見つかるだろう。アンクラム星系は格好の目印になる。そこにある受け入れ部とシングイソ星系のあいだで、転送が実行されるのだからな。

タルカンでは通常宇宙から消えてしまった一千万個の恒星も見つかるだろう。おぼえているか、最初に消えたのは、ヴィラメシュ銀河の渦状腕の末端だった。四月にあった二度めのショックでは、アブサンタ＝ゴムのハローの一部が消えた。アトランは三度めが起こらなかったのを知った。わからないのは、だれがこの事態を引き起こしたかだ。われわれの行動？ペリーがハンガイ銀河にいることで？それともハウリ人？」

「そこが大事な点よ」ニッキ・フリッケルが口をひらいた。「わたしたちが船を送りこむ先々にハウリ人がいる。ハンガイ銀河域が物質化されたことでまるで全員がやってきたみたいだわ。あなたの報告のように、ハウリ人はすでにそれ以前から通常宇宙にあらわれてヴィラメシュ銀河付近をうろついていた。かれらの望みはなに？」

「ハイパートロン吸引装置だ」自由航行者の皇帝のマスクからヴァリオの声がとどろいた。「それがまだ手に入らないから〝最後の六日間〟の進行を加速できない。だがかれらの脅威はまだなくなっていない。わたしの分析では、ハウリ人はもっと多くの恒星をこのメエコラーからタルカンに運ぶためにさらに力を注《そそ》ぐだろう。Ｍ‐３３についてのイルナの報告を忘れるな。この三角座銀河にはスリンガル星系よりもはるかに大きなハウリ人施設があるらしい。それにしても、なぜいままで見つからなかったんだ？」

「それについてはあなたがカルタン人に訊く必要があるわね」ニッキはテーブルにかぶさるようにして自動供給装置のセンサー面を操作した。フルーツ・ジュースを注文し、目の前のテーブルにグラスが置かれるまで黙っていた。ひとくち飲むと、音を立ててグラスを置いた。

「わたしたちが三角座へ飛んで探りあてるんじゃだめなの？　二隻なら一隻より成功する可能性は高いわ！」

「まず、そうはならないし、考えていたのとちがってくる」アーガイリスはつぶやいた。

「たったいま、スリンガル星系への侵攻が計画されているとの知らせがあった」かれはふりむいて声をかけた。「ルムス、《バジス》まであと何航程ある？」

シャーマンは指を二本立てた。アーガイリスは考えこみながらうなずいたが、突然両手で膝を打つと立ちあがった。

「美食の女王様、ごいっしょにお食事はいかがかな？　そうでもないと到着まで時間が潰せないだろう？」

「ありがとう。でもそれより自分の船にもどるわ！」ニッキも立ちあがると、まだ稼働中の転送機へと急いだ。そして挨拶もせずいなくなった。

エプサル人はシートの横に立ちつくすアーガイリスに近づき、

「なにかあったんですかね？」と、小声で訊いた。「きょうはご機嫌ななめでいらっしゃる」

「知るもんか！」《レッドホース》の船長の声が響きわたった。「所詮わたしには人間がなにを考えているかなどわかるはずがない！」

アーガイリスはぶつぶついいながら引っこんだが、コグ船と《ソロン》がその飛行目標に到達するともどってきた。《バジス》が探知装置に姿をあらわし、そばには停止中のヴィールス船団五十万隻が見えた。

ペレグリンは《バジス》の乗員になにを告げたのだろう？　〝それ〟はヴィールス船団をタルカン遠征のために犠牲にする覚悟をしていた。すくなくとも、《バジス》から送られてきたメッセージにはそう書かれていた。

　アンソン・アーガイリスは、それがどういう意味かわからなかった。だが、自分の記憶装置をそのことで悩ますつもりはない。ようやくアトランが画面上にあらわれてよろこんだ。

「やあ、アンソン！」アルコン人が挨拶した。「憎まれっ子世にはばかるか？　きみがわれわれを積極的にサポートしてくれると期待している！」

「わたしの顔が冒険好きに見えるでしょうか？」長い口髭《ひげ》の下から野太い声が響いた。

「あなたにはそれがお似合いでしょうが、わたしはちがいます。われわれはいったいどこへ向かうのです？」アルコン人の目がきらりと光った。アトランが額にたれる銀白色の髪をなであげた。

「それはもう知っているだろう。だが準備に数日はかかる」

　アンソンはうなずいた。その直後にニッキ・フリッケルから報告を受けとった。グッキーがスー・エル＝キョンを連れて《ソロン》にあらわれたという。さらにはカルタン人を支援するため、《ソロン》はすでに渦状銀河へ向けてスタートしたとのことだった。

2

重星系の赤と青の星々はスリンガル星系と名づけられた。赤い恒星はスリンガル・アルファ、青色巨星はスリンガル・ベータ。有毒大気を持つ第四惑星はハウリ人がかつて基地を置き、〝時間終止作戦〟にたずさわっていた。渦状銀河にはほかにもこの種族の基地があり、アトランの小艦隊はその手がかりを得ることと、ハウリ人にスリンガルⅣの放棄をうながすのが任務だった。三十隻の銀河系艦隊が惑星を包囲し、五隻が着陸を開始していた。最初の探知結果がとどき、アンソン・アーガイリスが探知主任に毒のある視線を送った。ガンドルフ・リウスのそばかす顔がにやりと笑い、細い肩をすくめていった。

「どうしようもないですね。探知は《ラヴリー・ボシック》並みに死んでますよ。エネルギー・パルスはまったくこない！」

アーガイリスは両手をあげるとガンドルフに突進した。ガンドルフがすわっているシートの背もたれに両手でしがみつくと、シートを床に固定している支柱がきしむほど力をかけた。

「もう一度いってみろ！　からかっているのか？　スクリーンを見ろ。あの着陸艇にはアトランがいるんだ。かれを愚弄《ぐろう》する気か？　ジェロ！」

　リウスの双子の片割れが顔をあげた。

「ちがいますよ、アンソン」その声は投げやりだ。「装置は故障していない。いつものように動いている！」

《レッドホース》の船長は背もたれからはなれて自分のシートへ向かうと、ため息をついてすわった。着陸艇との通信が確立し、アーガイリスはふたたびアルコン人のアルビノレッドの瞳を見た。

「ガンドルフがまちがうことはありません。この船の探知機が死んだか故障したんです。本当にこの惑星でいいんですか？」

「もちろんだよ、アンソン！」アルコン人はすこしほほえんだ。「ついてこい！　ハウリ人の宇宙港があるあたりに向かう」

　アトランの着陸艇が追いこし、わずかに針路を変えた。《レッドホース》はそれにつづいた。五隻が次々と濃い大気の層へ沈んでいき、地表に接近した。悲惨なほど視界が悪く、惑星表面付近でようやく猛毒の霧が薄くなって高温の溶岩原や汚らしい沼が見えてきた。本来の目標まで百キロメートルほどしかないが、エネルギー性探知は沈黙している。ただ質量探知だけは作動しており、ハウリ宇宙港のシルエットをしめしていた。船団はエネルギー・シールドに守られながら十五分後に到着した。船と着陸艇は急減速して港の平面に着陸した。

「船はひとつも確認できないな」アルコン人の声が《レッドホース》にとどいた。「施設に侵入するコマンド部隊を編成しよう」

「わたしが行きます」アーガイリスが即座に反応した。「わたしの不在中でも乗員がこの船を守れます！」

抗議の声もあったが、ヴァリオ＝５００は気にもとめなかった。かれ自身が決断をくだしたのだ。二分後、セラン防護服を着て司令室を出ると、近くのエアロックへ向かった。グラヴォ・パックで港の地面近くを飛びながら、自分とさほどちがわないちいさな人影に近づいた。全員がセランを着用していた。アルコン人だけがネット・コンビネーションに身をつつんでいる。

「ここから約三キロメートル先に入口がある」と、アトラン。「そこから施設に侵入できないかやってみよう！」

かれは《レッドホース》に目をやった。船の防御バリアのなかで大気の暗いもやが荒れ狂っている。港の上にはべつの二隻の影がゆがんで見えていた。五隻めは単独で惑星のべつのエリアを飛んでいた。船は常時たがいに連絡をとりあっていた。さらに通信を増幅して大気中の強力な干渉で通信が遮断されないよう防いでいた。

少数の特別部隊が出発した。アーガイリスは部隊にハルト人がひとりいるのに気がついた。三十隻からなる小規模銀河系艦隊にはブルー族、ポスビ、アコン人、そしてテラナーのユニットが各自の部隊やハルト船をひきいていた。

かつてのオリンプの皇帝はバス＝テトのイルナがあらわれるのを待ったが見つけられなかった。どうもアトランが選んだ部隊にはふくまれていないようだ。

〈アルコン人とアコン人か〉皇帝マスクをつけたロボットはそう考えると、結論を保存した。〈ふたつのからだを持ったひとつの心というやつだな〉

だがこの結論は、ヴァリオ＝500がこれに関連する情報をもっと得られないかぎり、たんなる推測だ。

部隊は入口に到着したがロックされていた。アトランがハルト人のトロ・マカトに目配せすると、マカトはベルトにつけていた接着式爆弾をハッチにとりつけた。全員が港の端にならんだドームのうしろに下がり、マカトが爆弾に点火した。爆発音が着陸場に響きわたり、大気中のもやに消えていった。フロアハッチが湾曲して盛りあがったと思うとはね飛んだ。黒い煙が開口部からのぼり立ち、やがて消えていった。

アトランは掩体《えんたい》からはなれると、ネット・コンビネーションの飛行システムをオンにし、開口部に向かった。アーガイリスとほかの仲間もあとにつづいた。アンソンが目にしたのは爆弾で完全に吹き飛ばされたハッチだ。周囲の床は爆発の痕跡をのぞくと無傷だった。

「アラームもなにもない」と、ヴァリオ＝５００。「われわれのほうへ近づいてくる船もロボットも見あたらない。ここにはなにものこっていないようです！」

アトランはアーガイリスに鋭い視線を送り、シャフトをのぞきこんだ。

「きみは心が読めるのか？」アトランが皇帝にたずねた。「もし読めるなら、われわれと新しいミュータント部隊がつくれるな！」

ほかの者たちのおさえた笑い声が響いた。アーガイリスはアルコン人のあとについて下へ降りていった。宇宙港の地下施設を横切り、ハウリ人が地下に建設した都市に着いた。ここでようやく疑惑が確信に変わった。そこはマシンホールだったが、機器の接続部がのこっているだけだった。ハウリ人があわてて撤去し、運べるものをすべて持ち去ったのだろう。家々のなかもからっぽで、地下格納庫には一台の車輛もない。このちいさな探索隊が見つけたのは故障したシステムのみ。技術が敵の手にわたるのを恐れたのか、破壊された個所もあった。

アトランは周回軌道にいる船に連絡をとった。さらに十隻が手分けして各惑星表面に着陸した。二十時間後、徹底した探索で倉庫がすべて見つけだされ、調査がおこなわれた。予想どおり、スリンガルⅣにハウリ人はひとりものこっていなかった。アトランは周回軌道へもどるよう命じた。これ以上ハウリ人を探しても無意味だ。

かれらはイルナの裏切りにたいして、ギャラクティカムの男たちが望んだ以上にすばやく反応したのだ。スリンガルⅣからのすみやかな撤退は、この好戦的なタルカン宇宙の種族がいかに秘密主義に徹しているかをしめしていた。ハウリ船はハンガイ銀河の物質化した部分と通常宇宙を問題なく行き来していた。ストレンジネス・ショックはかれらにとってまったく気にならないようだった。かれらがショックにたいして効果のある手段を持っているのは明らかだ。そしてその手段をギャラクティカーが手に入れたら、非常に有利になったにちがいない。スリンガルⅣにはその痕跡はなにひとつなかった。ハウリ人がどこへ消えたのかもわからなかった。

三十隻は高い周回軌道に集まり、着陸艇も船にもどった。アンソン・アーガイリスは自分のコグ船の司令室にもどり、シートに音を立てて倒れこんだ。

「ガンドルフがまた遊んでいる」ルムス・シャーマンはそういうと双子のほうを見てうなずいた。

「三十秒前から救難通信を受信しています」探知主任兼通信主任が報告してきた。「ほかの船はいまのところまだ気づいていないようです。自分たちのことで精いっぱいで」

「どこからの通信だ？」アーガイリスはシートから身を起こした。

「イルジャ星系です。通信はカルタン語です。カルタン人の居住星からにちがいないでしょう」

アンソン・アーガイリスは突然放心状態になり、からだをこわばらせた。船のポジトロンシステムと直接つながってじかに救難通信を受信したのだ。それは本当にカルタン人からのものだった。イルジャ星系にハウリ船があらわれ、第三惑星を攻撃していた。それでカルタン人が同胞にたいし助けをもとめている。

《レッドホース》船内にアラームが鳴り響いた。それと同時にヴァリオ＝５００のメッセージがほかのすべての船に発信された。二分後、ギャラクティカーが速度をあげ、救難通信を追った。

＊

惑星カルタンから三角座銀河へ入植する過程で、当初カルタン人は銀河の西側にひろがり、マーカルは東側を自分たちの領土としていた。だがその宙域でマーカルが姿を見せなかったために、カルタン人は三角座銀河の東半分の惑星系にも入植した。その後、マーカルが自分たちに適した水素＝アンモニア惑星を探索中にカルタン人と遭遇し、三度の毒呼吸体戦争が勃発した。そういうわけでカルタン人は東側から撤退したのだった。かれらがマーカルに東側をまかせ、両者間で現状維持協定が締結されると、カルタン人はマーカルに西側との境界領域にある水素＝アンモニア惑星に移住することすら許し、惑星系全体を水素呼吸族に譲った。

イルジャ星系の居住地は、紛争地域から遠くはなれた場所にある居住地のひとつだった。それは三角座銀河のもっとも外側に位置し、カルタンの故郷惑星からもっともはなれた入植地だった。ギャラクティカーもこのことを知っていたため、できるかぎり早く救援を送るという決断がなされたのだった。

ギャラクティカムの三十隻の船は二十時間たらずでちいさな白色恒星の星系に到着した。九つの惑星を持つ星系が探知された。ハウリ人の痕跡はまったく見つからなかったが、救難通信の原因は明白だった。それは第三惑星から送られており、半時間後にはギャラクティカムの船は周回軌道に乗った。カルタン人との交信はこの時点ですでにはじまっていた。

アンソン・アーガイリスは《オランテス》に乗船しているアトランのもとへ向かった。カルタン人の最初の反応を目《ま》のあたりにして、アトランに断固たる返答をもとめるよう要求した。

「救援がいらないなら救難通信を送ったのはなぜだ？」と、アルコン人は訊いた。地上基地にいて司令室のメインモニターにうつっているそのカルタン人はなんの動きも見せなかった。

「支援は不要だ」と、くり返した。

ついにアンソン・アーガイリスが怒りだした。アトランを押しのけ、自分の姿を惑星へ送るカメラの前に立った。

「あなたがたのお仲間はどこにいるんだ、え?」と、大声が出た。「いつ助けにきてくれる? だいたいあちらは通信を受けとれているのか?」

「あなたがたには関係ない」カルタン人はそういうと通信を切った。

ヴァリオ=500はアルコン人をじっと見つめた。

「全オリンプの魂の商人たちにかけて、こんなことははじめてです」と、アーガイリスはしずかにいった。「カルタン人はいま、妥協できないようです。きっとショックを受けているにちがいありません!」

「きみの提案は?」と、アトラン。

「着陸しましょう! スリンガル星系でやったように。甘いかもしれませんが、カルタン人が望まなくても助けるのがよろしいかと。それに、かつてカルタン人とギャラクティカムとのあいだで結ばれた不干渉協定は、たしかに領土の尊重を保証しています。けれど、高位女性たちはもうこの協定の遵守《じゅんしゅ》には固執しないと発表していましたよね? それなのに、なにを待っておられるんですか?」

アルコン人はちいさくうなずくとほかの船に命令を出した。かれらはタルクーンという名の第三惑星に着陸し、ハウリ人に襲撃された大都市を探した。異なる宇宙からきた生物による破壊は甚大なものだった。幾多の都市や技術施設がまったくの更地になっていた。三つの宇宙港とそこにあった船は潰滅状態だった。惑星タルクーンのカルタン人が遠距離を航行できる船は皆無《かいむ》で、これでは助けを呼んでくることもできないだろう。

理性のある種族なら、三十隻の船が救援にくれば感謝するだろう。

だがカルタン人はちがった。

戦闘グライダーが船の着陸地点に接近してきた。ギャラクティカムの艦船を事前警告なしに砲撃してきたが、なんの成果も得られなかった。防御バリアで砲撃をやりすごすと、まもなくアトランは無意味なことはやめるよう攻撃者と連絡した。

「こんなことをされても迷惑だ」と、いうのが先方の返事だった。「高位の庇護者は、あなたたちがただちにタルクーンを去るよう望んでいる」

「その高潔な庇護者とはどなたか？　名前を聞きたい」と、アルコン人。

「あなたがたには無関係だ。われわれがちがう武器で攻撃をはじめる前に消え失せろ！」

通信が途絶えると、アルコン人はヴァリオ＝５００を見た。

「なにもかも無意味な言葉です」アーガイリスは笑った。「かれらはパラ露のことを心配しているのでしょう。われわれがプシコゴンの開発について情報を得ていると知っているはずですから。このような辺境の惑星でも、すでに噂がひろまっているにちがいありません！」

パラ露はその効力を失った。それはドリフェルの活動によってプシオン・ネットが解体されるのと同時だった。パラ露はもはやなんの役にもたたなくなり、小銀河ろ座のノクターンにとっても脅威ではなくなった。そのせいでノクターンの一団はパラ露回収船の通過シンボルに反応しなくなり、すべての侵入者に前触れなく攻撃を仕かけた。ろ座にはもはやプロスペクターもおらず、パラ露回収船もいない。

つまりカルタン人はパラ露という最強の武器を失ったのだ。パラ露はこの種族のプシ能力を持つ女性にエスパー能力をあたえたので、いかなる敵に対しても大いなる脅威となっていたからだ。

いまやパラ露の脅威は絵空事となり、《オランテス》の司令室にはそのことをおもしろがっている者もいた。

アトランはもう一度カルタン人との通信を試みた。

〈この反応は不安のあらわれだな〉アトランの付帯脳が告げた。〈自分たちが無力であることを認めたくないのだろう〉

それはアトランやギャラクティカーには理解できないことだった。都市の一部は著しく破壊されていた。死者や負傷者が出ていないはずはない。カルタン人はハウリ人がさらに攻撃してくることも予想していた。それ以外にSOSを発信する理由がない。

それともかれらが知らないことがあったのだろうか？　ハウリ人とカルタン人との関係はまだ完全には解明されていない。実際のところ、滅びゆく宇宙タルカンのハンガイ銀河の出であるこのふたつの種族について、くわしいことはだれも知らないのだ。

もう一度スクリーンで通信がつながった。同時にグライダーとエアボートがギャラクティカムの船から発進した。

「助けは不要です」と、聞きとれた。話しているのは前回とはちがうカルタン人だった。

「死者は三十名。それほど多くない。負傷者の手当ては自分たちでできる！」

「ではハイパー通信域のＳＯＳはなんのためだ？」と、アトラン。

「それはあなたがたには関係のないことだ、ギャラクティカー。他人の事情に口出しは無用。われわれは高位女性たちに相談する。ＳＯＳはあなたがたにあてたものではない。われわれがハウリ人をどうするかは、こちらの勝手。迷惑だ。失せろ！」

接続を切ったのは、こんどはアトランのほうだった。そしてあちこち歩きまわった。

「どうも納得がいかない。臭いぞ。スリンガル星系より遠くまで匂う」

「われわれはどうすればいいのでしょう？」ヴァリオ＝５００はすでに出口へ向かっていた。

「スタートだ。《バジス》にもどるぞ。カルタン人が自分たちだけでどうするのか見ようじゃないか」

「救難通信は途絶えました」と、アーガイリス。「でも、もどるというのは本気ですか、手練れの勇士！」

「もちろんちがうよ、アンソン！ 《レッドホース》がここにとどまるか、カルタン人に気づかれないようにもどってくるのさ。きみたちには、なにが起こったかわかるだろう。ハウリ人がここにかくれているのか？ それとも、カルタン人の反応にはべつの理由があるのか？ 答えをみつけてきたまえ、オリンプの皇帝アーガイリス！」

3

「いまは亡《な》きマルチェロ・パンタリーニにかけて」ニッキ・フリッケルはとくに本気を出したいときはいつもそういう。今回は極端な大声で、全長二百メートルの《ソロン》の司令室で叫んだ。この船はかつてテラ級重巡洋艦と呼ばれていたクラスで、旧モデルは球型艦だったが、いまは赤道環がなくなっている。メタグラヴと名づけられた革新的なエンジンにより、船の駆動環が不要になったからだ。

「いまは亡きマルチェロ・パンタリーニにかけて。かれならこんなことは許さなかったはずよ」

ニッキがどういうつもりでそんなことをいうのか、だれも本当のことは知らない。彼女はゾンデからスクリーンに送られてくる映像を見つめていた。船外ではゾンデが外殻沿いに移動し、漏れや損傷がないか検査している。船殻は完全無欠だったが、ストリクター固定装置だけが例外だった。ニッキは、ギャラクティカムがソト＝ティグ・イアンのもとで体験した辛く苦難に満ちた時代を記憶に刻むため、それをとりはずさないよう強く主張したのだった。《ソロン》はもともとはGOIの所属艦だったが、その名はインドネシアのワイゲオ島近郊にある都市の名にちなんでニッキが名づけたものだ。同様に、PIG本部基地は、ワイゲオの夜の放浪者がさすらったべつの都市の名にちなんでカバレイと呼ばれている。

「飛び抜けてすぐれた《ワゲイオ》を失ったのはとても残念だわ。アーネスト、あなたはどう思う？」

　アーネスト・ブリーベスカは《ソロン》の搭乗天文学者だ。以前は《ダン・ピコット》の乗員だった。そのときニッキとはじめて出会っている。その後ブリーベスカは《ラカル・ウールヴァ》に所属し、《ソロン》の乗員となったのは最近だ。

「こちらは天文台だ」軽いなまりのある天文学者の声が響いた。「残念ながら、わたしはなんらかの異状に対して自分の見解を述べることはできない。その点はご理解いただきたい。シントロスコープは、ほかのシステムや昔のポジトロン・リフレクターと同じように、製造名がちがうだけだ。パンタリーニがあなたとちがうことをしてどこかを変えたかどうか、本当に知らないんだ、ニッキ・ギッゲル！」

　ニッキは自分の名前がまちがえられたことを聞き流し、口角をあげてほほえんだ。

「あなたのいうとおりね。古き良きマルチェロがいまどこにかくれているのか、だれも知らない。かれはゴルディアスの結び目の時代を生きのびたのかしら？」

　彼女のうしろでぽんと、音がした。ふりむくと、グリーンのコンビネーションを着たちびがいた。

「やあ、でっかいの！」ニッキはおどけて歓迎した。「急いでるんでしょ。わたしたち、危険なの？」

「みんなそのおかしな結び目になっちゃうよ」グッキーが大声を出した。「どうしてぼくがここにきたかわかるかい？　もうすぐ到着するんだ。旅の目的地はすぐそこさ。それが理由じゃないかな、親愛なる同僚、フリッケル？」

　どこかでだれかが笑った。ニッキがあたりを見まわして笑い声の主を探した。

「しずかに！　必要な敬意ははらってほしい。グッキーの同僚として、わたしはこの宇宙の救世主と呼べる稀有《けう》な種に属してるんだから。深淵の騎士やそのほかの支配者と呼ばれる人たちよりもね」

「おやまあ！」この船の航法士、ムロン・フェイヤーリックはあきれ顔だ。かれが口をきいたのは、ラクノル星雲をはなれて以来のことだ。

　グッキーは目を見開き、すぐまた細めた。ネズミ＝ビーバーは腰に両手をあてると、ニッキのすわるシートの横に立った。

「それがいままでぼくが手厚くお世話してあげたお礼のつもりかい？」と、グッキーは親しげにからかった。「まだわからないかな、イルトの人生には口にしないほうがいいこともあるんだぜ」

ニッキは恥ずかしそうに、そしてすこしからかうようにまばたきした。

「許して、グッキー。うっかり口が滑って」

「口が滑る、へえ、口が滑る！」イルトは浮遊するとニッキのすぐ前まで漂っていき、怒りにゆがんだ顔でニッキを見おろすとこういった。「まあいいや、きみは特別さ。こんども許してあげるよ。でも次はだめだよ。えっと、きみはだれの娘だっけ……」

「ストップ！」ニッキは立ちあがるとネズミ＝ビーバーを突きはなした。「わたしの頭のなかをのぞきこむのはフェアじゃないわね」

「なんでだい？」グッキーは下へ降りるとシートに腰かけた。「あったかくて気持ちいいよ。ありがと！」グッキーは足を組むとまた口を開いた。「ぼくは頭のなかをのぞきこんだりしてないよ。そんな人を見くびったようないいかたはよせやい。きみの父さんのことなんて、この船のみんなは知ってるだろ。ちがう？」

ニッキ・フリッケルは身をかがめてグッキーの頭に顔を近づけ、その両肩をつかむとシートに押しつけた。グッキーはされるがままだ。その目がずるそうに光ると、シートの上でからだをもぞもぞ動かした。自分の尻尾の上にすわっていたのだ。

「ワイゲオ島にはちがう礼儀作法があるのよ」ニッキの声はきびしかった。「ここはワイゲオの夜の放浪者の船ですからね。あなたが夜の放浪者のサークルに入るには、もうあといくつか大宇宙が滅びないとだめね」

　グッキーが最後まで話を聞かずにテレポーテーションしたので、ニッキは空《から》のシートをじっと見つめた。グッキーはA通廊へ通じる開いた出口ドアの下に立っていた。

「すべてが滅び、グッキーだけがのこる」と、けたたましい。「洗ってない耳のうしろに書いとけよ！」

　そういうとグッキーは姿を消した。ニッキは考えこむようにシートにすわりこみ、計器を見つめている。どうしても知らせたい新情報がいくつかあった。けれどもまだ機は熟していなかった。

「そういえば、ミリング・ティルの話はしたことがなかったわね」しばらく間を置いてからニッキが口を開いた。「あの男はヴェムズィの情報部門よりも動物園のほうがぴったりで、故郷銀河でまだ調査が進んでいない未解明の種族出身だと思う。ミリング・ティルはある大臣の事務所で書類のシュレッダー係として働いていたの。四肢の先に自転車チェーンのように見えるカッターが四枚あって、頭部には何千というライトが輝いていた。かれは手にしたものをすべて裁断し、識別不能の細切れ紙にしてしまう。それを口にあたる穴に押しこんだら最後二度と出てこない。わたしは運悪く大臣秘書から身分証明をもとめられてうっかり作業中のミリング・ティルの横のデスクに置いてしまったの。その未知の種族に興味が湧いて、言葉をかわしたんだけれど、証明書がないことに気がついたときはもう遅かった。大臣は恐ろしく無慈悲だったけど、秘書がティルのせいだと証言してくれたので助かった。新しい証明書を受けとれたものの、本来の用件を大臣と話すことはできなかった。丁重に部屋の外へ案内され、再発行されたことをよろこんだ。証明書なしでは港の検問を通れないし、船にももどれなかったから」

「そもそも大臣になにが訊きたかったんだい？」アーネストが天文台からたずねた。

だが返事はなかった。探知装置が反応したのだ。《ソロン》が中継船とコンタクトし、アルコン人の最新の措置について情報を得た。その後、球型船はふたたび上位空間に遷移し、メタグラヴを使って最終目的地に向かった。

＊

全知者はもういない。かれらは《ナルガ・サント》の搭載艇で恒星クトルに身を投じたのだ。そうすることで、かれらはどうしようもない状況から結論を導き出した。全知者とともに、カルタン人の未来のための最後のブレーキ役が渦状銀河から消え去った。ダオ・リン＝ヘイだけがまだのこっていたが、彼女は第三の道のかつての指導者であるオーグ・アト・タルカンを支援した。カルタン人の高位女性たちはグッキーの助けですべての事情を知るところとなった。異なる宇宙からきた自分たちの種族の未来についても。それで謎は解けたものの、渦状銀河にいるカルタン人の問題はようやくはじまったばかりだ。かれらは異宇宙からきた家父長制度をとるカルタン文明の代表者と対峙することになった。最初に遭遇したときからすでに、おなじ種族が持つふたつの文明のちがいがどれほど大きいかは明らかだった。この対立は部分的には克服できないように思われた。すべてのカルタン種族にとって最良の共存のかたちを見いだそうというダオ・リンとオーグの好意をのぞけば、解決方法はまだ見いだせていなかった。

《ソロン》とその乗員はすべてを正しい軌道に乗せ、船はいまイルジャ星系付近でハイパー空間から離脱し、高速で恒星へ向かっていた。第三惑星が恒星円盤の背後に消えると、ようやくニッキ・フリッケルが制動操作を開始した。《ソロン》は最大減速し、一時間後には《レッドホース》とならんだ。《レッドホース》は五十万キロメートル下がコロナ上層というあたりを漂い、絶え間なくパッシヴ探知をおこなっていた。

「ハロー、《ソロン》!」アンソン・アーガイリスが挨拶した。「きみたちはどこからきたんだ？　なにか新しい情報はあるかい？」

通信はわずかに乱れたがとぎれることはなかった。ニッキが挨拶を返してヴァリオ＝５００に答え、自分の経験したことをすべて報告した。通信メッセージを受けとったことも知らせた。メッセージの内容は、ギャラクティカー船団がスリンガル星系のハウリ基地を破壊し、そのあとにハウリ人がカルタン人居住地を攻撃したということだった。

「それはちがう、ニッキ」アーガイリスが説明しはじめた。「だれも基地を破壊していない。ハウリ人はすでに基地を引きはらっていた。かれらは瓦礫《がれき》とからっぽのドーム以外、ほとんどなにものこさなかった。突然ハウリ人がカルタン人居住地を攻撃する理由はなかったんだ」

かれはギャラクティカーの協力はいうにおよばず、いかなる援助も拒んだ惑星タルクーンのカルタン人の無礼なふるまいについて語った。

「どうもおかしい」アーガイリスはきっぱりいった。「とりあえず一度こちらへこないか。そのほうが手っとり早い」

「またあとでね」ニッキは笑ってとりあわなかった。「まずは自分の目でタルクーンを見たいの。カルタン人はわたしのことを知っているんだから、すくなくとも、タルクーンにだってそういう人がいるかも。それにわたしはかれらとうまくやれる。わたしのいうことを聞いて。自由航行者の大御所、太陽系帝国の栄光に満ちた過去の遺物さん」

「自由航行者はいつだって自分自身が帝国だ」アンソン・アーガイリスがつぶやいた。

ニッキは親しげに手を振ると接続を切った。

「総員、集合」ニッキがそういったがよけいだった。そこにはすでに全員そろっていたから。「搭載艇3号機、出動準備。わたしは出かけてくる」

ニッキは司令部をあとにした。格納庫へ急ぎ、搭載艇に乗りこむと、セランを着て操縦士席にすわった。

このときはかれがきた音に気がつかなかった。背後で咳ばらいがしたので驚いて跳びあがった。

グッキーが自分用の特製セランを着て一本牙《きば》を見せた。

「予想しておくべきだったわ」ニッキはため息をついた。「どうしてもわたしをひとりにはしてくれないのね？」

「するわけないだろ」イルトは大まじめな顔をしている。「きみをひとりにしたら、なにするかわからないだろ？」

＊

ふたりは地表に立って、黄緑の空を見あげた。グッキーがニッキ・フリッケルの手をとって搭載艇から惑星にテレポーテーションしたのだ。搭載艇は惑星をめぐる軌道上にあり、カルタン人がコンタクトしてその正体を確認しようとしてもむだだろう。半時間たっても、搭載艇はまだ地表からの発進や接近の報告を送ってこない。搭載艇を地上の要塞から破壊する試みもおこなわれていない。

「かれらは本当にひどい状況なのね」ニッキはそういうと大都市に向かう決心をした。

「用意はいい？」

「どこから見たって、ぼくは信頼できるやつだぜ」イルトは無邪気に断言した。「それとも、信用できないとか、いやな思いをしたとか、だれかいってたかい？」

「そんなことはないわ。どこへ行くつもり？」

「ここより北にある町へ。さあ行こうか？」

ニッキがさし伸べた手をグッキーがつかんだ。移行段階なしにふたりは見えなくなり、数百キロメートルはなれた場所にふたたびあらわれた。イルトは不確実な場所へジャンプしたが、そこは幸運にも、都市の南部分を帯状にとりかこんでいる公園だった。木々のあいだから高層ビルのファサードが見え、その奥には透明なドームをいただいた塔が見えた。すべてが平和で平穏な印象をあたえていた。グライダーが高度を変えながら移動している。

ふたたびグッキーがテレポーテーションした。こんどは自分の目で目標を選んだ。それはある種の記念碑で、高層ビルの真下にあった。幅のひろいメタルセグメントで保護されているため、自分たちの姿を見られることなく都市を見わたすことができた。

「これはひどい」ニッキが小声でいった。「ひどすぎる！」

ニッキは公園の藪からはこれといった異状を発見できなかった。だがここから見ると、それがまちがいだったことがわかる。郊外にある建物のほとんどが損壊している。ひろい道路の向こうには、はるかかなたまで瓦礫の砂漠がひろがっていた。

「行くわよ！」ニッキはグッキーを引っ張った。

「どこへ？」イルトはそっと訊いた。

「壊れた塔のところへ！」

次の瞬間、ふたりは建物の瓦礫のなかに立っていた。プラストリットブロックからは引きちぎれて曲がった金属支柱が突き出しており、瓦礫の下には機械や設備の一部が埋もれているのが見てとれた。ここにはカルタン人はいないし、生存者や死者を探す部隊も見あたらない。

無傷でのこっているビルの後方にも住民の姿を見つけることはできなかった。

ニッキはもの問いたげにイルトを見て、「なにもないわ」と、ささやいた。

「つぶやきみたいなのが聞こえる。カルタン人の思考みたい。それなのに、この近辺にはだれもいない。まるで都市の外へ移動したみたいだ。当然といえば当然かも。攻撃を受けて逃げたんだろうね」

イルトはひとりで歩き出した。金属の瓦礫のあいだをよちよちと北へ向かう。

ニッキが追いつくと、「不思議だなあ」と、いって考えこんだ。「ここから北東にある地域からはどんな考えも受けとれないよ。まるでロックされているみたいにね！」

「パラ露！」ニッキはとっさにその言葉が口に出た。同時に、パラ露を保管していた局部銀河群のほかのすべての惑星と同様に、このタルクーンでも同じ現象が起こったありさまをありありと思い浮かべた。パラ露はもはやなんの効き目も持っていない。プシ物質から出た細緻な粒子がゆっくりと微弱爆燃するのにともなって、パラ露使用者が一時的にプシ能力をもてるという効果は失われてしまった。

「ひょっとするとパラ露かもね」イルトも同意見だ。「もしそうだとしたら、比較的効力の弱いパラ露が大量にあるのかも。その場所を見てまわらないとね」

ふたりはカルタン人をひとり見つけた。グッキーは手を伸ばしてニッキの肩をつかんだ。ふたりはテレポーテーションすると、カルタン人の背後に姿をあらわした。グッキーは一瞬目を閉じ、そのカルタン人の考えを探った。それからニッキを見てささやいた。

「ロア・ヴァン＝ドルジャだってさ。以前はある秘密プロジェクトの責任者だった。それはＰＩＧと関係してる。それしかわかんないや。

この人が考えてることはほとんどがハウリ人の攻撃についてなんだ。五十隻の船で。ハウリ人がやったことは破壊だけじゃない。着陸してカルタン人としゃべった！」

「どんな話をしたの？」

「ロア・ヴァンの思考には見あたらないな。頭のなかは大きな悲しみでいっぱいなんだ。プロジェクトのせいでふたりの大事な仲間とマシンを失った。それから、この地のエスパーの庇護者はさらに彼女を脅しつけた。なぜって彼女をライバルだと感じたから」

「いつもおんなじね」ニッキ・フリッケルはため息をついた。「これがカルタン人じゃなかったら……」

ニッキは最後までいわなかったし、グッキーもそれ以上訊かなかった。そしてニッキのあとを追った。ニッキは大股で前に進むと、分かれ道の直前でカルタン人に追いついた。そして彼女に話しかけた。

彼女がうしろをふりむくとネズミ＝ビーバーはもう姿を消していた。

「ロア・ヴァン、わたし、あなたの友人よ。恐がらないで！」

カルタン人があまりに早く反応したので、ニッキは身をかわすことができず、安全な場所に移動できなかった。カルタン人の左手がニッキの顔の前にきて、ナイフのように鋭いかぎ爪が飛び出した。ニッキはうしろへ飛びさがり、セランの防御バリアがオンになった。次の瞬間カルタン人の右手にすばやく握られた武器から出たエネルギー・ビームがニッキのバリアにあたった。

「ギャラクティカーの一味だな」女カルタン人がカルタン語で訊いた。「ここでなにをしている？　われわれの都市を破壊したあとで、そのようすを確認しにきたんだな！」

ニッキは二、三歩下がると両手をあげ、武器を持っていないことをカルタン人にしめした。ロア・ヴァン＝ドルジャはややためらったがすぐに武器をおさめた。

「おまえを捕虜にする。したがわないなら、エスパーをけしかけるぞ！」

「それならいっしょに行くわ。でも、その前にあなたと話がしたい。わたしはダオ・リン＝ヘイに派遣されたの。わたしはヴォイカと親しい。庇護者と話をさせてほしいのよ。

庇護者の名前は？」

「ナー・アイラ＝ヴィルン！」

「あなた、彼女がきらいなのね！」

「わたしをタルクーンから追放しようとしている。いまは一隻の遠征船さえ手に入らないというのに。できることならわたしに自殺してほしいと思っているんだ」

「命を大事にするのよ、ロア・ヴァン。ヴォイカも、オーグも、高位女性たちも生きるほうを選んだわ。わたしを信じてくれる？」

カルタン人は鋭い目でニッキを見つめた。ニッキはセランの防御バリアをオフにした。右手をさし出したが、ロア・ヴァンは応じなかった。その仕草をよく知っているふりもしなかった。

「おまえは、われわれの種族三十名の死に責任を負うべき者たちのひとりだ」そうロア・ヴァンは主張した。「おまえは信用できない。だが、おまえは特別な身分にあるようだから捕虜として連行するわけにはいかない。わたしといっしょにくるようたのむ」

「ナー・アイラのところへ連れていってくれるのね？」

「庇護者と話せるよう手配しよう。それまではわたしの保護下にある！」

「では連れていって、ロア・ヴァン！」

ニッキ・フリッケルは気づかれないようあたりを見まわした。グッキーはどこにも見あたらなかったが、この近くにいるにちがいない。自分のことを見失うことはないだろう。

ニッキはゆっくりとカルタン人のあとを追った。

4

「出ていけ！」

ナー・アイラ＝ヴィルンはふたりの男を追いはらった。かれらは神経質そうに口髭を引っ張りながらわきの出口から消えた。ナー・アイラが好奇心でこさせたふたりは、たしかに一瞬だけ庇護者の集中力を削《そ》ぐことに成功した。ナー・アイラはおちつかぬようすで渦状星雲をデザインした黒いマークのついた純白のコンビネーションをなでた。それから、円天井ホールのまんなかにある防御バリアに目をやった。ホール壁面にいくつもとりつけられたプロジェクターがバリアを安定させ、タルクーンでもっとも貴重なものを保護している。それはハウリ人の攻撃を無傷で切り抜けたおよそ百粒のパラ露だ。

パラ露がなければ、タルクーンにはもはやなんの価値もない。たった一隻のカルタン船さえやってくるようすはなかったため、ハイパー周波数の救難通信はうちきられた。

エスパーがひとり、庇護者のところへやってきた。

「準備ができました」

ナー・アイラは手振りでエスパーを追いはらった。エスパーが準備を終えておくべき時間は、彼女が決めるのだ。しばらく待ってから約束の合図を送る。プロジェクターの技術者がバリアに構造的な隙間をつくり、十二人のエスパーがプシコゴンのエリアに入った。

　庇護者は壁ぎわのソファや椅子で休んでいる同胞たちを最後に一瞥《いちべつ》した。彼女たちの任務はパラ露の爆燃を防ぐことだ。その力は衰えており、もう時間がのこっていない。ヴィルン家出身のナー・アイラも決心したように、やはりバリアに向かって歩き出した。その背後で隙間が閉じた。バリアは周囲の不都合な影響から保護してくれる。

「開始！」庇護者が命じた。

　エスパーはパラ露の房のまわりに輪になった。パラ露はエスパーたちの前で宙に浮いている。外にいる同胞たちの精神力によって支えられていた。十二人のカルタン人はそれぞれパラ露をひと粒手にとり、精神を集中させた。パラ露はゆっくり崩れて分解し、パラ露を手にした者にその力をうつしはじめた。パラ露はどんどんちいさくなり、そのスピードはナー・アイラがこれまで経験してきたよりもずっと速かった。エスパーは目を見開き、どうしようもないという仕草をした。

「もっと手にとれ！」と、庇護者が命じた。「カルタンのことを、みなにかかっている責任のことを考えるんだ。五粒とれ。それでたりなければぜんぶ使え！」

十二人のエスパーに配分されたのはそれほど多くはない。ナー・アイラの命令にしたがって五粒ずつ手にとったが、それで六十粒、その前に十二粒使っているので、のこりはわずか二十八粒だ。

ナー・アイラ＝ヴィルンは腕をひろげ、ひとり抜け出すと両手でパラ露をつかみとった。それを胸や頸、頭に押しあてた。彼女は周囲との関係を失い、ひたすらプシコゴンのためにのみ、ひとりでそこにいた。その効果や意識の拡張に集中した。

〈いまだ！〉と彼女は思った。パラ露の力のために自分の精神を開き、同種族とのつながりをもとめた。悲鳴が聞こえて身をすくめたが、反応はしなかった。この瞬間に彼女の集中力をとぎれさせるなど、世界じゅうのだれにもできないだろう。

なにかがある、彼女ははっきりとそう感じた。パラ露からなにかが出てきて、彼女のなかに流れこんだ。それをつかもうとしたが、手から滑り落ちてしまった。手中にあるパラ露はちいさくなり、庇護者が唇を動かしはじめた。

「作用が……作用が……本当に」と、たどたどしい。笑い声のようなものが彼女の背後、防御バリアの外側から聞こえた。急いで振り返ろうとしたが、麻痺したように動けない。

ナー・アイラ＝ヴィルンはとうとう真実を悟った。

パラ露はその力を失っていたのだ。プシコゴンは無価値だ。もうカルタン人を高い能力をそなえたエスパーにしてはくれない。

　庇護者は目を開くと、十二人のエスパーたちを見た。彼女たちは呆然としながら、なにものっていない自分たちの両手を見つめ、それからいましがたパラ露の気化を目のあたりにしたナー・アイラを見た。カルタン人たちは防御バリア内で硬直したように立ちつくし、バリアの外のホールはなにやら騒がしくなっていた。プシコゴンを見張っていたエスパーは、こわばっていたからだが動くようになった。医師たちの診察を受けたがそれは不要だった。これまでのような虚脱症状は見られなかった。

「死んだ」ナー・アイラ＝ヴィルンは口ごもりつつ、くり返した。「パラ露は死んだ。サヤアロンからきた平和の破壊者のせいだ！　やつらに死を！」

「やつらに死を！」エスパーは復唱した。防御バリアを出た庇護者はバリアをオフにするように命じた。

「こんなバリアはもう不要だ」ナー・アイラは怒りに震える声で宣言した。「タルクーンにはもうパラ露は存在しない。われわれ種族のもっとも重要な力が涸《か》れてしまった！」

「では、だれがわれわれに返してくれるのです？」背後からそうたずねる声がした。

　ナー・アイラ＝ヴィルンはふりむかなくても声の主を知っていた。彼女は両手のかぎ爪を出して見えない敵を倒すように空を打ちのめし、

「わたしは知らない」と、答えた。「高位女性たち？　それともオーグ・アト・タルカ

ン？　それはだれだ？　だれがそれを教えてくれる？　どこからきた？　そしてわたしたちの母たちにどんな影響をあたえた？」

ナー・アイラは円天井ホールを出ると自分の居室にもどった。カルタン人は破壊された都市のあいだをできるかぎり移動しながらさまざまな任務をおこなっていた。

ナー・アイラはそのとき、もうパラ露のことも、それが自分たちの種族にとってどれほどの価値があるかも考えていなかった。ギャラクティカーに対してこの上ない憎しみをいだいているだけだった。それと、ハウリ人が彼女とタルクーンにいるすべてのカルタン人に伝えたメッセージを一字一句漏らさず記憶していた。

「あなたがたの惑星は邪悪な名前がつけられている」と、いう文言からメッセージははじまっていた。「その名を捨て、もとの名から身を守れ！」

＊

グッキーはふたりの女性をしばらく観察してからショートテレポーテーションで去っていった。男のカルタン人グループを見つけたのだ。なにやら忙しそうに破砕機と格闘している。瓦礫地帯の端に設置してどうにか動かそうとしている。ネズミ＝ビーバーはそのなかにテレポーテーションして目立たないようにあたりを見まわした。

「典型的だな。どうしていいかわからずに立っているだけだ。女性がきてこうしろと命じるまで待ってる。一度くらいそういうご身分になってみたいもんだ。尻に敷かれてるってやつだな。台所でジャガイモの皮でもむいてろってんだ」

みずみずしいニンジンが思い浮かび、頭からはなれなくなった。グッキーはこの野菜の誘惑に負けて惑星じゅうを探しまわりたいと思ったが、気をとりなおして目の前のカルタン人を観察し、かれらに同情した。好きな食べ物なんて、考えたこともないようすだ。それに、タルクーンのような酸素惑星になぜニンジンが育たないのか？

そもそも、イルト蕪《かぶ》とかネズミ＝ビーバーニンジンという名前のほうがいいと思う。ここでもすべてが思いどおりになるわけではなく、グッキーは何千年も前から自分のニンジン愛をからかうテラナーの宇宙船コックを心のなかで罵《ののし》っていた。

イルトはつづきを考えるのを中断された。しずかに考えようと探し出した部屋にカルタン人がひとりあらわれたからだ。その人物は驚いて跳びさがったが、相手がギャラクティカーでないとわかると信頼感を持ったようだった。

グッキーは開いた本を読むように他人の考えが読みとれた。そのカルタン人は装置が動かなかったらどうなるのだろうと、自分の運命を考えていた。かれはナー・アイラ＝ヴィルンを恐れていた。ネズミ＝ビーバーはとがめるように頸を振った。

「彼女はきみになにもしやしない」と、カルタン語で話しかけた。「ぼくが助けてあげる。その機械ならよく知ってるからね。カルタンではこういう装置の専門家として働いてたんだ。オーグの依頼で。心得があるんだ」

もちろん嘘八百だがカルタン人は真に受けた。タルクーンに異なる種族がいることを、ほかに説明のしようがなかったのだ。

「やってくれ。急いでいるんだ。庇護者が結果を知りたがっている！」

グッキーは指を鳴らした。同時にかれのテレキネシス力が設備内を移動し、エンジン部分の動かない個所を探し、障害をとりのぞくと作動した。まったくの機械的故障だった。グッキーは制御装置を指さした。

「やってみて」カルタン人が操作すると、ブーンという音とともに装置は動きだした。

「かんたんだったな」イルトは断言した。「ぼくは魔法が使えるんだ。ほかになにかためしてみたいかい？」

カルタン人は狼狽《ろうばい》していたが、それがグッキーにとってはチャンスだった。

「ハウリ人はどうしてる？」と、けたたましい声でたずねた。「なにか情報はあるかい？　かれらはきみたちになにをいったんだい？」

カルタン人がうなり声をあげ、イルトに殴りかかってきた。グッキーは身をかわし、相手の脚の下をかいくぐった。出口から出ていくとテレポーテーションした。かれはカルタン人の考えを読みとっていた。けれどもハウリ人についての情報は見つけられなかった、カルタン人はただ腹をたてただけで、その怒りでサヤアロンからきたよそ者に対する憎しみがふたたびおもてに出たのだった。

グッキーが知っているような理由のない怒り。かれはふたつならんだ瓦礫の山のあいだに立ち、考えていた。もしかしたらタルクーンの権力の中心に向かった女性ふたりについていくほうがいいのかもしれない。グッキーはふたりの考えを知ろうとしたが、徒労に終わった。

思考の流れがさまざまに交錯して見つからない。かれはテレポーテーションで屋根にのぼり、あたりを探してみた。けれど、ふたりはどこにもいなかった。

グッキーはため息をついた。ニッキ・フリッケルとロア・ヴァン＝ドルジャを見失ったのだ。

*

警報がウルジャムに、そして接続されたすべてのステーションに鳴り響いた。ナー・アイラ＝ヴィルンは立ちあがると司令センターを駆け抜けて居室につづく扉へ急いだ。この居室には、宇宙環境下でも生命維持が可能な特殊な安全ゾーンがある。居室に着く前に、この警報がギャラクティカーの攻撃でもハウリ人の攻撃でもないことが知らされた。それは《マスラ》タイプのカルタン人の宇宙船で、惑星に接近して着陸許可をもとめてきたのだった。

庇護者はふりむくと急いでもといたところへもどった。

「さっさと許可を出せ！」と、配下の者をどなりつけた。女性たちはおどおどして半分おびえたような目で庇護者を見た。庇護者は通信装置に近づき、モニターを接続した。

「ナー・アイラ＝ヴィルンだ」と、慌ただしいようすだ。「市の西部に着陸せよ。宇宙港の片隅がまだ使用可能だ！」

彼女は最初、相手のことをろくに見ていなかったが、すぐにその瞳孔《どうこう》が開いた。

「レト・ヴォル！」と、声をあげた。「レト・ヴォル＝ヴィルンじゃないか！」

「はい、庇護者ナー・アイラ。ファミリーはなにが起こったのかをタルクーンに伝えるためにわたしを派遣しました。重大な大変革がわたしたち種族を待ちかまえています。みなさんはなにも知らないままでいるわけにはいかないのです！」

「母惑星からの使者よ、ようこそ！」庇護者の目が熱く燃えはじめた。「わたしたちがどれほどよろこんでいるか、あなたにはわからないだろう。わたしの理解がまちがっていないなら、あなたがここへきたのはわたしたちの救難通信を受けとったからではないのだな」

「救難通信については、わたしはなにも知らされていません、ナー・アイラ」

「よろしい！」

庇護者は接続を切ると、配下をグライダー・ステーションへ追い立てた。それは仮の施設で、以前は機械部品の倉庫だったが後側が倒壊していた。前側は支柱と支持具でもたせてあった。内部には作動可能なグライダーや車輛が格納されている。外観はただの壊れた建物だ。まだ使用に耐える部分は、カルタン人が積みあげた瓦礫の山に半分埋もれている。周囲の建物はなくなっているか、見る影もなく一部をのこして粉々になっているかだ。

ナー・アイラ＝ヴィルンはシートに身を沈め、二機のグライダーがかくれ家から飛び立って瓦礫のなかを西へ飛んで行くのを見つめていた。町は複数のステーションの集合体だったが、そこへあらたに居住区を建設してひとつのまとまりになっていた。その中心部はウルジャムと呼ばれていたが、かなり早くからそれがこの町の名称となった。

庇護者はモニターにグライダーの映像を表示した。船がゆっくり惑星表面へ降りていくさまを観察した。マスラ船は巨大船で、惑星への着陸を容易にするために相当数の搭載艇を持っており、そのようすはほかに類を見ないものだった。

船は惑星表面で停止し、二機のグライダーのうち一機がなかへ入ったが、まもなくもどってくると都市へ向かった。

ナー・アイラが不安なようすで立ちあがった。彼女はレト・ヴォルの言葉を聞いたのだが、それがなにを意味するのか、ほとんど想像がつかなかったのだ。司令センターの中央に立ち、配下の者たちがようやく母惑星からきた客を連れてくるのをもどかしそうに待っていた。

とうとうレト・ヴォル＝ヴィルンが姿をあらわした。実物はモニターよりも細身で若くみえた。ナー・アイラは両肩をすこし前に出して頸をかしげた。そして立ったまま、若い親戚がこちらへ近づいてくるのを待っていた。それから、わずかなジェスチャーで歓迎の意をあらわした。

「わたしは直接カルタンからきました」レト・ヴォル＝ヴィルンが口を開いた。「高位女性たちはすべての入植地に使者の船を送りました。重大な事件が発生しました。オーグがわたしたちの種族の秘密を暴《あば》き、アルドゥスタアルがわたしたちの本当の故郷ではないことがわかりました」

「どういうことだ？」ナー・アイラはシートの背にもたれ、シートをまわしてからだを沈めた。「わたしたちは故郷惑星カルタンからきたのではないと？」

レト・ヴォルはうなずいた。ヴィルン家の使者は、最初、自分自身もそんなことは信じたくなかった。だがいまは惑星カルタンにいるすべてのカルタン人が五万年前にさかのぼる自分たちの種族の歴史について知っていた。

レト・ヴォルが話をはじめた。オーグ・アト・タルカンを乗せた船がエスタルトゥに到着して以来のこと、その後アルドゥスタアルへ出発したことを、すべて報告した。この銀河のカルタン人は全員、タルカンからメエコラーへ送られて、かれらの故郷銀河の移送準備をした部隊の系統を引いていること。そして退化につながるストレンジネス・ショックの影響を受け、惑星カルタンにいるカルタン人が回復するには非常に長い時間がかかった。だがかれらは助けを得た。〝アルドゥスタアルの声〟が高位女性たちに語りかけてプロジェクトを開始させた。そのプロジェクトでカルタン人は大量のパラ露を集め、エスタルトゥのさまざまな惑星に蓄えた。予想外の事態となったが、旧計画はすでに実現されたようにみえた。

そこへハンガイ銀河が出現した。アルドゥスタアル、サヤアロン、ろ座という三つの銀河のあいだにある宙域にはすでに二度、ハンガイ銀河の巨大質量集団があらわれていた。

ナー・アイラは手振りでレト・ヴォルの話をさえぎった。

「ハウリ人がいっていた意味がわかってきた。タルクーンとタルカンがたがいに関係があるのはたんなる偶然ではない。べつの宇宙とのつながりがあると、だれかが知っていたにちがいない。ハウリ人はそこからきたのか？」

レト・ヴォルはうなずいて報告をつづけ、ダオ・リン・ヴォイカがオーグといっしょに道を教えたことも話した。かれらはやがて高位女性たちとともにカルタン人の運命を導くようになり、クトル・ロボットがかれらを支援した。

ナー・アイラは驚いて立ちあがった。

「そのことがわたしたちの世界にどんな意味を持つのだ？　もとの故郷にもどらなければならないのか？　わたしたちは撤退しなければならないのか？　戦わずしてギャラクティカーにアルドゥスタアルを明けわたせば敵をよろこばせるだけだ。いや、そんなことは許されない！」

「ギャラクティカーと高位女性たちとの協定を忘れないでください」レト・ヴォルは念を押した。「ふたつの銀河のあいだには平和があるのです」

「そんなことは断じてない！」ナー・アイラは声を荒らげて、ハウリ人が報告したことをくり返した。サヤアロンからきた者があらゆる陰謀の黒幕で、邪悪な目標に到達するためにハウリ人を利用したのだ、と。

「わたしたちはけっしてタルクーンを明けわたさない」と、庇護者は断言した。「ハウリ人の警告にしたがう！」

「なによりギャラクティカーとの戦争を煽《あお》ってはなりません」レト・ヴォル＝ヴィルンが忠告した。「両銀河はいま平和な状態です。それをお忘れにならないように！」

「二度も念を押す必要はない」と、いうと、ナー・アイラは端末のほうに向きなおり、情報を受けとった。そして勝ち誇ったように背筋を伸ばした。

「証拠を見せよう！　女性の人類がウルジャムでスパイ活動をしている。しかも裏切り者ロア・ヴァン＝ドルジャといっしょだ。動かぬ証拠をやっと見つけたぞ！」

「ロア・ヴァン＝ドルジャはわたしの船に搭乗します。高位女性たちにカルタンへ呼びもどされたのです」と、レト・ヴォル＝ヴィルン。

「よかろう。わたしについてこい。裏切り者がカルタンで処刑されることになっても反対しない！」

*

「あなたはまちがっている」ニッキ・フリッケルがカルタン人に反論した。「ギャラクティカーはあなたの惑星を攻撃していない。ハウリ人の仕業が、どうしてわたしたちの責任になるの！」

「あなたの仲間がハウリ人の基地を攻撃したからその報復よ。それでわたしたちの入植地を攻撃し、ようやく分別をとりもどした」ロア・ヴァン＝ドルジャは反論した。「高位女性たちがギャラクティカムと協定を結んだのは誤りだった。でもいまは黙って。この件に関してこれ以上あなたと話すことはできないわ」

「わたしを黙らせたかったら、最後まで聞いて」《ソロン》の船長は口を閉じない。「ギャラクティカーの小艦隊がスリンガル星系のハウリ人基地に到着したとき、かれらはすでにいなかった。だからハウリ人の恨みを買う理由がない。この裏にはなにかある。それがなにかはわからないけれど」

「あなたたちはハウリ人の縄張りを荒らした。かれらは任務をはたすためにここにいる。かれらの言葉が正確になにを意味するのかまだ不明だ。けれどもいまにわかるだろう」

ふたりは荒涼としたマグネットバス駅を横切り、上に行く反重力シャフトに入った。

ふたりは上昇し、シャフトの終端にたどり着いた。ロア・ヴァンは通廊を見わたして耳をそばだて、それからようやくニッキについてくるよう合図した。通廊を進み、建物の出口にたどり着いた。右手にはロア・ヴァンがウルジャムと呼ぶこの都市で唯一の塔がそびえ立ち、左手にはビルの瓦礫があちこちで山になっていた。強力なビーム兵器のエナメルのようなビーム痕がはっきりとのこっていた。ハウリ人は相当はげしい攻撃をくわえ、カルタン人は手痛い傷を負ったのだろう。

それなのに、カルタン人はハウリ人ではなくギャラクティカーを非難した。

ひどすぎて泣きたいくらいだ。

ロア・ヴァンは突然ニッキに体あたりして地面に押し倒した。道路の上でヒューッという音がしたと思うと、ふたりの頭をエネルギー・ビームがかすめた。液状化したプラスティック材料が地面に垂れてきた。

「出てこい。降伏せよ」カルタン人の声だった。「まずギャラクティカーだ！」

ニッキは半分身を起こしてようすをうかがった。二十名の完全武装した女性が入口に向かって突進してきた。ふたたび威《い》嚇《かく》射撃がからだをかすめた。

「おしまいだ、しかたない」ニッキはため息をついた。立ちあがると建物から外へ出た。ロア・ヴァン＝ドルジャが急いであとにつづいた。ふたりはとりかこまれ、押し出された。

「庇護者がおまえたちに会いたいそうだ。抵抗してもむだだ。命はないぞ！」

「抗議する！」ロア・ヴァンが声を荒らげた。「わたしは科学者だ。高位女性たちから命令を受けている。わたしはナー・アイラ＝ヴィルンに釈明が必要なことはなにもしていない！」

　返事はなかった。わき道にはタルクーン政府の所在地で権力の中枢であるウルジャムへ向かうためのグライダーが待機していた。グライダーは傾斜路に着陸し、ふたりは立方体の建物のなかへ連れていかれた。いくつもの階を通って本部にたどり着いた。ナー・アイラ＝ヴィルンがふたりに歩みよってきた。ロア・ヴァンをさげすむような目で見ると、ニッキ・フリッケルの前に立った。

「おまえは軍法会議にかけられる」と、宣言した。「全ギャラクティカーを代表して死刑判決を受ける。だれもおまえたちを呼んでいない。この惑星の問題に干渉してくれとたのんだおぼえはない。おまえのようなスパイはさっさとかたづける！」

「それは思いちがいです、ナー・アイラ！」

　ニッキは割りこんできた若いカルタン人をいぶかしそうに見た。そしてなぜ彼女が庇護者の言葉を疑うのかと考えた。ナー・アイラは怒ってふりむいたが、どことなく麻痺しているように見えた。

「どういうことだ？」荒っぽい声が訊いた。

「スパイではありません。名前はニッキ・フリッケル。ダオ・リン＝ヴォイカやオーグ・アト・タルカンと親しくしています。わたしたち種族の友なのです。ようこそワイゲオのお嬢さん！」

ニッキはこの辺境の惑星で自分のことを知っているカルタン人と出会っただけでも驚きだったが、ワイゲオという名前が出てきたときには、もうわけがわからなかった。このカルタン人がその情報をどこから手に入れたのか、考えてもむだだ。

ナークトルとウィド？　そのふたりが一枚かんでいる？　かれらはずいぶん前から渦状銀河のまわりをうろついていた。

「わたしはレト・ヴォル＝ヴィルン」若い女性は自己紹介をはじめた。「ファミリーから派遣され、仲間になにが起こったか知らせにきました。かれらはもうすべてを理解しています。ただし、ハウリ人とギャラクティカーに関しては誤解があるようです」

「いいかげんにしろよな！」甲高《かんだか》い声が司令本部の奥から響いた。

カルタン人たちがふりむいた。完全武装の女性たちが、よちよちした足どりで近づいてくるちいさな姿に武器を向けた。グッキーは臣下から拍手喝采を受ける暴君のように周囲を見まわしたが、ニッキはそれが見せかけだと見抜いていた。じつは自分の命を守るために、そしてカルタン人の考えをすこしでも知ろうと、イルトは全感覚を研《と》ぎ澄ませているのだ。

「おまえはだれだ？」ナー・アイラ＝ヴィルンの鋭い声が響いた。

グッキーはカルタン人が侮辱と受けとるような慇懃《いんぎん》無礼な手振りで答えた。さらにおちつきはらったようすで進み、向けられた武器の銃口の前を通りすぎると、まるで何倍も重くなったかのように銃口が下がった。

警戒の叫び声がしたが、レト・ヴォル＝ヴィルンがイルトの前に出ておちつかせた。

「みなさんはなにもわかっていない」そういってタルクーンのカルタン人たちを非難した。「このかたは敵ではありません。自分の連れを迎えにきただけです！」

「そのとおり！」グッキーが下から同意した。「高位女性たちによろしくいっといて。それでは親切で友好的なみなさん、さようなら。ここの床はぼくにはちょっと熱すぎてね。レト・ヴォル、ロア・ヴァンをたのむよ。きみの種族のなかでいちばん大事な科学者だから！」

「待って！」ニッキが小声でたのんだがネズミ＝ビーバーは無視した。その手を握るとカルタン人に目配せし、いっしょに姿を消した。カルタン人たちは目の前に急にぽっかりあいた空間を敵意に満ちた目で凝視していたが、カルタンの使者に駆けよると質問攻めにした。レト・ヴォルはそれには応じず、任務を遂行するといって自分の船にもどってしまった。

そのころにはもう、ニッキ・フリッケルとグッキーはとうに高飛びしていた。

5

《ソロン》へはなんなくもどることができた。マスラ船はタルクーンのための救援物資をいくつかおろした。ほどなくしてカルタン人の遠征船が惑星をあとにし、渦状銀河の中心へと消えていった。

「あんなにすぐ転移しなくてもよかったのに」ニッキ・フリッケルはセランを搭載艇のボックスにしまうと不満げにいった。「聞きたいことや解明すべきことがたくさんあったわ」

「そいつはちがうよ。まあ話を聞いて。なにもしないであそこにいたわけじゃないぜ。大事なことがわかったんだ。準備はいいかい？」

ニッキがうなずくと、イルトはその手をとって《ソロン》の格納庫から直接《レッドホース》の司令室にテレポーテーションした。アンソン・アーガイリスと仲間たちはふたりがあらわれることを予想していなかったのでひどく驚いた。老いた自由航行者が胸の前で手をたたき、大きな音がとどろいた。

「オリンプの高みからおこしくださり、よろこびもひとしおです」と、バスの低音が響きわたった。「おいで、おちびさんたち。ハグさせてくれ！」

「イホ・トロトみたいな話し方をして、いやな予感がする」と、ルムス・シャーマンは不満そうだ。「かれのじゃまはしないほうがいい！」

みんなが立ちあがり、きたばかりのふたりをとりかこんだ。ニッキはアンソン・アーガイリスをじろじろ観察した。自由商人のマスクをつけたヴァリオは印象的な姿をしている。身長百八十センチメートル、肩幅のひろいアスリート体形だ。その顔は野卑で粗削り。漆黒の髪は肩にとどき、まんなかに五センチメートルのそりこみを入れて左右に分けている。喉の奥から出る声は低く、信頼できそうな響きだ。アーガイリスの縮れた黒髭は胸骨のあたりまで伸びている。そこから二本の三つ編みをつくり、それを肩にかけるようにして、正方形のホワルゴニウム製肩あての下にしっかりととめていた。深紅のシルク製ズボンの上に腰の高さまであるソフトレザーのブーツをはいている。カラフルな刺繍を施したシャツにゆったりした深紅のジャケットを羽織り、胸のあたりを四本のひもでとめた老皇帝は、ジャケットの上に幅広のレザーベルトを締め、コンビ銃用のホルダーをつけていた。まるいベルトのバックルには、オリンプ原住民に属する自由商人のシンボルとしてロワ・ダントンの頭部がはっきりと描かれていた。

「お飲み物はいかがですか？」アンソンは恭《うやうや》しくたずね、軽く頭を下げた。ニッキの右手をとると自分のほうへすこし引きよせた。礼儀正しくお辞儀をすると、手の甲に軽く唇をつけた。ニッキは驚いて目をまるくした。ビクッとした手をあわてて引っこめた。

「いったい……なんのまね？」聞きとれないほど小声だ。「どういうつもり？」

「女性を敬うご老人の儀式さ」グッキーがけたたましく笑う。「アンソンには気をつけなよ。仕事にかこつけた食事会や宴会への招待は、ただの口実だからね！」

「なんの口実？」ニッキはどうにか気をとりなおすと、無邪気な顔をとりつくろった。

「それはかれに聞いてよ。ふたりきりになったときとか、べつのなにかの機会に」

グッキーは手を振ってさっさと話題を切り替えると、ちいさな両手を腰にあてた。

「ぼくがいなかったら、いつまでもばかのまんまにちがいないね」と、イルトはいい張った。「それに、みんなの顔を見ていると、タルクーンのくわだてを説明する意味があるのかな、と思っちゃうよ」

《レッドホース》の司令室はしずまりかえった。エプサル人の荒い息遣いだけが静寂を乱した。グッキーはとがめるような目でエプサル人を見ると、話しはじめた。

「カルタン人はハウリ人と話した。でも真相はその逆さ。ハウリ人はカルタン人の都市を破壊してから地上に降りると、カルタン人にメッセージを伝えた。アメとムチっていうよね、こういうのはふつう、ちがう？」

「本題に入ってくれ、グッキー！」アーガイリスが要求した。

「よしわかった！」ネズミ＝ビーバーの顔に十数本のしわがよった。さっきアーガイリスがやったように、胸の前で両手を組むとお辞儀をした。

「あなたたちも支配者ヘプタメルの子供であり、またヘクサメロンの神々《こうごう》しい法にも従順である。以前は〝最後の六日間〟の掟を守って生活していた。わたしたち、ヘクサメロンの預言者は、あなたたちが真の信仰にもどる道がわかるようにする。あなたたちはアフ＝メテムの失われた息子と娘だ。その胎内にあなたたちをもどす。そういうわけであるから、わたしたちの言葉を聞け。あなたたちがサヤアロンと名づけた遠い星雲からきた異人たちとけっして手を組んではならない。これは忌まわしい行為であり、罪があなたたちにあろうとほかの者たちにあろうと、わたしたちが炎の侯爵の武器で罰しなくてはならない。破壊された都市を見るがいい。あなたたちの報いを考えるのだ。ヘクサメロンの胎内にもどれ。二十の地とその炎の華麗さを思え……これがカルタン人にハウリ人がいいのこした言葉だよ」

一瞬あたりが沈黙につつまれた。それからようやく聴衆が動き出した。ルムス・シャーマンがアーガイリスとグッキーのあいだに割りこんできた。

「なんて恐ろしい」と、叫ぶ。「みんな、聞いたか？　ガンドルフ、ジェロ、マリウス？」

それがなにを意味するかは、いうまでもなかった。ハウリ人はカルタン人がハンガイ銀河とタルカン宇宙に属していることを思いださせた。もともとはたんにタルカンという意味でしかないのに、ハウリ人はタルクーンを邪悪な名前だとカルタン人に思いこませたのだ。Ｍ‐３３で猫族の文明が衰退し、ほとんど無力になった状況のせいだった。このことを利用して、ハウリ人はカルタン人の考えに影響をおよぼしたのである。

「これは明らかに精神的に退行させるたくらみね」ニッキ・フリッケルは即座に見抜いた。「ハンガイ銀河出身の生物がどこで生きていようと、正しい信仰に連れもどす。ハウリ人はまさに適任だわ！」

アンソン・アーガイリスはシートを引きよせて身を沈めた。頭を両手で支え、まわりを見まわす。仲間の乗組員と、《ソロン》からきた客のニッキとグッキーを眺めて口を開いた。

「いま聞いたことだけでは不十分だ。もっと情報がほしいが、ハウリ人を監視しているほかの船と連絡をとる必要があるな。通信ブリッジ経由でも新情報はない。アトランは相《あ》いかわらず彼岸への旅の準備で忙しいようだ」アーガイリスは立ちあがった。「こい、みんな急げ！　ぼんやりすわっているひまはない。ハウリ人の宣教活動を成功させてなるものか。これはカルタン種族の問題だが、局部銀河群、そして〝それ〟の力の集合体の問題でもある！」

だれもがこの観点から見たことは一度もなかった。グッキーは大きくうなずき、ニッキ・フリッケルは老皇帝に両腕を伸ばした。

「あなたの提案に賛成よ。なにか飲み物がほしいわ。アルコール度四十パーセント以上のものをお願い」

＊

かれらがロータ・ベータに到着したとき、日付表示が九月二十二日に変わった。二隻の船は編隊飛行し、PIGの自動ステーションから千キロメートルはなれた駐機軌道に入った。九月はじめ、二隻の宇宙船は《バジス》のいるこの宙域に到達し、そこでいったん、それぞれの針路を分かった。九月十八日、《ソロン》は指示にしたがってイルジャ星系を訪れた。それ以来二隻の船はいっしょに行動している。

ロータ・ベータは渦状銀河の各方面から送られてくるあらゆる情報の収集ステーションだ。数百隻の船が全領域で堂々と、あるいは密かに作戦行動を遂行し、ハウリ船の飛行ルートを追跡していた。基地はすでに数カ所発見されていたが、タルカン宇宙からきたこのよそ者にたいして、踏みこんで行動を起こす理由はいまのところなかった。タルクーンへの介入は特殊な事例にすぎなかったからだ。

ハウリ人はヘクサメロンの子供たちと〝最後の六日間〟の掟のメッセージをいたるところでひろめていた。かれらは支配者ヘプタメルのことを伝え、うそを流布《るふ》した。だがギャラクティカーにだけはそれが虚偽だとわかった。本来の関係性については熟知していたし、三角座銀河と呼ばれる星雲にいるカルタン人のような不安定な状況ではなかったからだ。

ハウリ人はパラ露が役にたたなくなった原因はカルタン人の忌まわしい行為のせいだと断言した。そのせいで、多くの庇護者があらゆることでギャラクティカーに憎しみに満ちた態度をとるようになった。また、PIGと協力することを高位女性たちが許したにもかかわらず、各地でPIG船にカルタン人が攻撃をはじめたわけもはっきりした。

アンソン・アーガイリスとその一行は、状況がかなり行き詰まっていると判断した。ダオ・リン＝ヴォイカとオーグ・アト・タルカンはカルタン人に植えつけられた迷信的不安を、策を弄《ろう》して解消するのに手いっぱいだろう。最新のメッセージによるとハウリ人の厚顔無恥さは目をおおうばかり。ロータ・ベータから直接二隻の船に伝えられた内容は、ハウリ人がマーカルの主権領域でも作戦行動を起こし、毒呼吸体とカルタン人との古い敵対関係を利用しているということだった。それが成功したのかどうかはまだはっきりしない。たしかなことは、マーカルは合法的に勢力範囲を拡大するチャンスは逃さないということだ。

だれも信じていないことがひとつあった。それは、ハウリ人の試みこそ、マーカルとカルタン人に共通の哲学を支持させ、和解させるためのものだという説だった。だが、それにしては、かれらのやりかたはあまりにも攻撃的すぎた。

「ここにパンテレイ基地がある」ロータ・ベータからの送信が途絶えるとオリンプの皇帝が口を開いた。「ここを見に行かねばならないが、二隻では多すぎる」

「《ソロン》がいいのでは?」と、ニッキ・フリッケルが提案した。「小型でコグ船ほど目立たないから!」

アンソン・アーガイリスが同意した。出動と冒険に飢えた乗組員たちの抗議の声も聞き流し、またの機会があるとごまかした。

「忘れるな、われわれは結果を出すためにここにいる。すべてをぶち壊すようなまねはできない! いいな?」

かれは《ソロン》に直通する転送機のほうへニッキを招くような手振りをした。

*

《レッドホース》は星系から半光年のところにとどまった。《ソロン》はさらに前進し、第三惑星の外側にある宇宙の瓦礫付近にかくれていた。パンテレイはPIGの専門家がハウリ基地にあたえた仮の名称だ。〝レッドサン〟という名前でもよかっただろう。三つの惑星が赤い巨大恒星を周回し、相応の質量と妥当な体積をそなえていたから。

アーガイリスがその星の部分拡大図にはじめて注目したのは、九月二十二日の早朝だった。かれはその計画を〈九月の朝〉作戦と命名し、赤い恒星を〝九月の朝〟と、名づけた。

三つの惑星にもこの名と数字のⅠからⅢを割り振った。

これで目標エリアには到達した。これからは待つだけだ。いままでは三つのうちどの惑星に基地があるのかわからなかった。ＰＩＧは非常に遠くから観測していたからだ。

受動探知機が最初のリフレックスをとらえたのは夕方だった。およそ十光年はなれたところに数隻の船団が物質化した。しばらく静止していたが、そのうちに消え去ってしまった。つぎに半径五光年の範囲にリフレックスが生じ、ハウリ人が安全システムに沿って行動していることを示唆《しさ》した。

数秒後、外来船の一隻めが物質化した。ほかのハウリ船と同様、その船は三つの部分に分かれている。船尾は先細りのシリンダー型で、長さは百五十メートル、いちばん太いところは直径四十メートルある。その手前に中段があり、やはり後方に向かって細くなるシリンダー型だがそれもまんなかあたりまでで、直径はうしろが十メートル、前が三十メートルである。船首の長さは中段と同程度、シリンダーをたいらにしたような、あるいは靴の前部のようなかたちで、前方へ向かって細くなっている。もっとも太い個所では直径が四十メートルある。

船は速度を落とし、探知をおこなった。付近に未知の艦船がいないことをたしかめるとふたたび速度をあげ、〈九月の朝〉星系へと進んだ。第三惑星の軌道を横切り、赤い巨星の背後に消え、木星ほどの大きさのメタン世界、第二惑星へ向かった。一周したあとに減速し、生命をおびやかす濃い大気圏に突入していった。

十五分後、二隻めの船がきた。最初の船とはちがう方向から接近してきたが、まちがいなく《ソロン》が見つけた船団に属している。同じように短時間減速してから第二惑星に向かった。

アンソン・アーガイリスは球型船のポジトロニクスと会話した。この船団はハンガイ銀河からきており、ヴァリオ＝500はハウリ人がストレンジネス・ショックに妨害されることなく、物質化されたハンガイ銀河の一部と局部銀河群とのあいだをまるで散歩するように行ったり来たりできることを思いだした。

ハンガイ銀河と局部銀河群……このふたつの結びつきは、かれのバイオプラズマ性パーツに不思議な連想を呼び起こした。タルカン＝カルタン人が意図したとおりにハンガイ銀河が完全に物質化した場合、この銀河の局部銀河群に属することになる。つまり〝それ〟が面倒を見なければならない力の集合体が拡大するということだ。このプロセスの結果、超越知性体はどこまで進化するのだろうか？

第三の船があらわれたが、こんどは星系のはるか外側だった。アーガイリスはうながすような視線をグッキーに送った。

「この距離なら何回ジャンプが必要だ？」

イルトは自分の一本牙を見せた。

「三回かな、快適さを優先するなら」

「はじめろ！」

かれはネズミ＝ビーバーに腕を伸ばし、グッキーがそれをつかんだ。ほほえみかけるとスーツを閉じ、ニッキに手を振った。

「じゃあまた、調査に行ってくる！」

「気をつけて」と、《ソロン》船長は警告した。「調子に乗らないようにね！」

「イルトのことならまかせろ」アーガイリスはそう約束し、ふたりで姿を消した。

ふたりは小惑星群付近で実体化した。グッキーは周囲をざっと見わたすと、さらにテレポーテーションをつづけた。

三度めのジャンプが終わると、ふたりは船体のすぐそばにいた。

「それで、どうする？」ネズミ＝ビーバーは最低の送信出力でたずねた。「行きあたりばったりでテレポーテーションするかい？」

「ほかにどうしようもない。行け！」

グッキーは船の中段部を指さした。まるみを帯びた影が消え、目の前が輝くように明るくなった。そこは、入口がいくつもあるホールのまんなかだった。発見される危険が大きいので、ネズミ＝ビーバーはつないだ手をはなさずにもう一度テレポーテーションした。するとこんどは、いくつものコンテナにはさまれたせまい路地に立っていた。それでようやくグッキーは手をはなし、アーガイリスは左右を確認した。同時にヴァリオは持っているすべてのシステムを使って探知した。

「空気はきれいだ」と、ヴァリオ。「ずっとこのままだといいんだが」スーツのヘルメットをうしろに倒すと、空気を確認した。空気に鼻をくすぐられて大きなくしゃみをし、グッキーの驚いたまなざしも気にならないようだった。グッキーは前方をしめした。

「近くに倉庫がある。見に行こう！」

ふたりは用心しながら動き出した。あちこちの物陰に姿をかくしながら進む。一度などヴァリオはイルトを強く引きもどし、壁にとりつけられた二枚のカバープレートのあいだに引きずりこんだ。ハウリ人のグループが姿をあらわした。骨ばって肉づきの悪い、どこか異様な姿だ。ちいさな荷物を背負っている。そのうしろから反重力プレートで作業するグループがやってきた。ふたつのグループが向かう先は同じで、アーガイリスはグッキーに合図してあとにつづいた。ふたりはハウリ人のあとを追い、最初の分かれ道らしきところで折れた。大きな扉がいくつもあるひろい通廊を進むと、ヴァリオは右側の最初の扉にまっしぐらに進んだ。扉はひとりでに開き、アンソンは満足げにうなりながらなかへ入った。扉が閉まりかけたのでグッキーも大急ぎであとにつづいた。

「あの上に監視カメラがある」と、イルトがささやいた。「見つかる前にここを出よう！」

「あのカメラは動くものはうつしていない。静止画像を送るだけだ」アーガイリスはひかえめに笑った。かれはずらりとならべられたコンテナに近づいた。コンテナにはマグネットロックがついていた。仮面をつけたロボットのアーガイリスはロックをはずし、重いカバーをテレキネシスで開けるようグッキーにたのんだ。ネズミ＝ビーバーがいわれたとおりにすると、アーガイリスがコンテナをのぞきこみ、そのなかの器具を調べた。まるでコンテナのなかに頭から飛びこむように腕を伸ばす。

「エネルギー変換器の部品だ」アーガイリスは考えこんでいる。「ぜんぶ同じ型式だ。ほかの箱になにが入っているか見てみよう！」

　ふたりはカバーを閉めると、べつのコンテナを調べはじめた。部品は一種類だけしかなく、ふたりは部屋を出た。それからほかの二カ所も探したが、結果は同じだった。ふたりは船の後部へ向かったが、ハッチの手前でアーガイリスが立ちどまった。

「この船は短距離遷移を実行したぞ。前の船とはちがうやりかただな。すでに着陸しようとしている！」

　グッキーはアーガイリスの手をつかんで船からテレポーテーションで脱出すると、ブレーキ・エンジンとガスから安全なところにもう一度ジャンプした。アーガイリスはへルメットのガラス部をたたいて、惑星のあいだのさらに外側にあるちいさな赤いリフレックスを指さした。べつの船が近づいてくる。グッキーはもう一度テレポーテーションした。

こんどのジャンプは船内に狙いを定める。ネズミ＝ビーバーはこれら輸送船の構造はほとんど同じだと考えていた。ふたりは倉庫につづく通廊のそばに出た。だが今回はそうかんたんに目的地に着かなかった。

ハウリ人が二方向からやってきたのだ。逃げ場はない。アーガイリスもテレポーテーションはしたくなかった。無理やり探知で目的の場所を特定する。だが、ハウリ人に見つかってしまった。自分たちの船にロボットが不法に侵入したことを検知したのだ。

アラームが響きわたった。ヴァリオはイルトを引きよせると、敵に向かって突進していった。運がよければかろうじて通り抜けられるせまいハッチに向かって走った。このハッチを開けるには暗号信号が必要だったが、宇宙船によくある信号のならびはさほど苦労せず解読できた。グッキーを開口部に押しこむとヴァリオもなんとか入りこんだ。その動きはしなやかで、かれを見つめる骨張った者たちにはとうていまねできそうにない。上着のボタンがひっかかって割れ、音を立ててパイプのなかに落ちてしまった。金属にあたる乾いた音を響かせながら落ちていき、明るい音がしたと思うと深部でとまった。その間にハッチが閉じ、ハウリ人の喧噪《けんそう》が聞こえてきたが、ハッチの前で立ち往生しているようだ。どうやら赤外線装置らしきものを使って、生命体の熱を探知しようとしているらしい。

アーガイリスがネズミ＝ビーバーの手を握ると、グッキーがこんどは直接ホールヘテレポーテーションした。ヴァリオはイルトの手をはなして忠告した。

「ちょっと休め。精力を使いはたしてはだめだぞ！　この船から逃げるときのために力をのこしておいてくれ！」

かれは頑丈な支持部に支えられた、天井までとどく巨大な構造物に目をやった。ほかの船の構成部品と同じように量産品だったので、ヴァリオ＝500が機器の機能を確認するには試験電流を数回流すだけでよかった。わかったぞと、口笛を吹いた。

「これはハイパートロン吸引装置だ。ギャラクティカムで使われているものとは似ても似つかないが。しかも銀河系のハイパートロップ吸引装置とくらべると性能は数分の一程度だ。だからハウリ人はわれわれの機器を手に入れたいとやっきになっているんだな。ハイパートロップなら悩みはすべて解消されるというわけだ」

「そしてこっちの悩みもね。準備はいいかい？」

アーガイリスは、ネズミ＝ビーバーが伸ばした腕の先に空中を飛ぶゾンデを見つけた。ロボトロニクスで障害インパルスを放射すると、ゾンデは混乱してすとんと床に落ち、そこをグッキーがコンビ銃で破壊した。

「こんども運がよかった」と、ヴァリオ＝５００。「ゾンデの破壊前に船の司令室にインパルスは送られていなかったからな。さあ、行くぞ！」

「待って！」イルトがとめた。「ここはとりあえず安全だよ。ぼくがハウリ人を探ってみる！」

　グッキーはすぐに姿を消し、のこされたアンソン・アーガイリスはかくれ場を探した。

＊

　グッキーは船の供給路に実体化した。ハウリ人がハンガイ銀河と渦状銀河とのあいだを航行中に必要なものはすべて自動工場施設が生産していた。施設の規模から、もっと長期の旅を想定しているのではないかという疑いが生じた。たとえば渦状銀河とほかの銀河のあいだ、たとえば滅びゆく宇宙タルカンとメエコラーのあいだのもっと時間がかかる旅を。

　ハウリ人は工場施設を監視していなかった。すべて全自動だ。監視はおそらく司令室でおこなわれている。故障時のみ司令室からだれかが点検にくるのだろう。グッキーは自分が監視手段のとどかないところにいることを確認した。居場所を大きく変えないかぎり、見つかることはないだろう。

　グッキーは注意深く周囲をうかがった。ハウリ人の技術にはなじみがないため、どの機械がなにを生産しているのかはわからなかったが、見える範囲に透明な装置がいくつもあり、完成した最終製品がそこから出てきてコンベアにのせられるようすが見えた。

グッキーは数秒かけて出力セクションがどこか見つけだした。そこからは日用品のようなちいさな物体が出ていた。意識を集中してこのセクション内部にテレキネシスの力を向ける。どこかでなにかが割れ、シューシューと音がした。内部で生じた黒い煙が出力セクションの開口部を通って出てきたが品物は出てこなくなり、この部分だけ停止した。

ネズミ＝ビーバーは放熱用のパーティションのうしろにかくれた。その隙間の天井には格子《こうし》があり、熱を逃がせるようになっていた。一瞬ためらったが、イルトは格子の向こう側にテレポーテーションした。

しばらく待っていると、施設入口のひとつが開いてハウリ人がひとり入ってきた。グッキーが仕かけた故障は深刻なものではなく自然な摩耗が原因のように見えた。ハウリ人は壊れたセクションに直行し、機械のカバーをはずしはじめた。

グッキーはその作業には注意を向けず、自分の意識を集中した。慎重にテレパシーの触覚をハウリ人に伸ばし、気づかれることなくその思考に入りこんだ。その風変わりな思考は、突然見えない橋をわたってかれ自身の考えになった。

ハウリ人は機械の設計図を頭のなかに持っており、修理方法も知っていた。また、それが比較的軽い故障なのに船内ロボットでは修理できないこともわかっていた。それ以外のことを、この生物はまったく考えていなかった。自分の私生活にも、この船の仕事と目的にもまったく関心がない。いつもひとつのことしか考えない。こういった思考はネズミ＝ビーバーには既知だ。ハウリ人がカルタン人の世界で宣言していたことと本質的に同じだから。

　ヘクサメロンの栄光は比類のないものだった。それは二十の地と名づけられたすべての銀河をこえて輝きつづけた。そしてまた、カルタン人がハンガイ銀河を転移させると、移動先の宇宙にも光をはなった。それは日に日に、時間ごとに大きくなっていった。この存在が星系全体に影響する、ただひとつの光になる日が目前に迫っていた。

　アフ＝メテムの浄化の炎もいっしょだった。それはハウリ人をあらゆる計画で支え、成功に導いた。アフ＝メテムは炎の象徴であり、炎と〝最後の六日間〟の考えが結びついた。だが〝最後の六日間〟はずっと昔に邪悪な介入により妨害されて遅れてしまったために加速する必要があった。

　〝最後の六日間〟の実現は手のとどくほど近くにあり、ヘクサメロンの預言者は盛んに預言を喧伝《けんでん》していた。そしてその文言を守り、二十の地で唯一の真の教えであるその教えにしたがう者は幸福だった。

　ハウリ人のあらゆる考えはこのテーマのまわりをぐるぐるまわっていた。個々の概念やその意味の具体的なメッセージは見分けがつかない。ハウリ人はたんにほかのことはなにも考えていないだけだった。

　ネズミ＝ビーバーは相手の意識から自分を切りはなし、大きくあくびをした。格子の隙間からハウリ人を見おろし、損傷した部品を交換したり、すくなくとも故障を修理したりするようすに目をしばたたかせた。最後に一瞥してから、ホールにいるアーガイリスのところへもどった。テレパシーでヴァリオ＝500を探知することはできないので、ふたつのコンテナのうしろから背の高い男があらわれるのを待った。アーガイリスはグッキーがもどったことに気づいた。

「なにかわかったか？」老いたオリンプの皇帝が訊いた。「賢者の石は見つかったか？」

「せいぜいプシ送信機ぐらいかな、アンソン」

　グッキーは自分のやったことをかんたんに説明し、その結果についても話した。

「ハウリ人は洗脳されているんじゃないかと思う」と、結論づけた。アーガイリスは考えこむようにうなずいた。

「予想はしていたがね、おちびさん。手を貸してくれ。だれかに見つかる前にここから出よう。ハウリ人がわれわれの存在を知ったら、こっちの計画がだいなしだからな」

6

赤い巨星の星系は丸一日平穏だった。ハウリ船も近づいてこないし、第二惑星やほかの惑星から出ていく船もなかった。《ソロン》は《レッドホース》のそばにそっと移動した。グッキーはアンソン・アーガイリスとテレポーテーションし、ネズミ＝ビーバーは数秒後にひとりでもどった。

「かれをどこへ置いてきたの？」ニッキがグッキーを出迎えた。「なにかがおかしいわ」

「なにが？」グッキーはゆっくりした口調で答えた。「アンソンはちょっと時間がほしいんだ。九月の朝Ⅱへの進撃には特別な対策がいるからね。つまり、裏でだれが動いているのか、ハウリ人にはできるかぎり知られたくないんだ」

「ＰＩＧの古い原則ね」《ソロン》の船長は同意した。

「ほらね！　アンソンは人一倍協力を惜しまないから。まるでずっと前からきみの組織の情報員みたいだろう」

ニッキは聞き流した。彼女はたしかにチーフではあるが、ＰＩＧは彼女の組織ではなく、宇宙ハンザに属するグループで、ギャラクティカムのみならずいまではカルタン人とも密に協力している。アンソン・アーガイリスがなにもいわずに自分自身と自船でＰＩＧに貢献しようとしたとき、彼女は最後まで反対したのだ。

「アンソンはさっきいった理由から丸裸で進撃するつもりさ！」と、グッキーはつづけた。その場にいた者たちが驚いてふりむいた。ニッキは目をむいて息をのんだ。

「ワイゲオの夜の蛾ってやつね！」と、彼女は叫んだ。「わかったわ！」

グッキーは手をたたいてよろこんだ。

「きみも見習ったらどうだい。かれもきっとよろこぶよ。わかってるだろ、きみは目をつけられてたんだから！」

それはひかえめないい方だった。アンソンの態度は見え見えだった。都合がいい悪いに関係なくどんな機会でも豪華な食事に誘って目をかけていることを証明しようとした。ニッキは老いたオリンプの皇帝の魅力や辛口のウィットに圧倒された。もしかれがしかるべき生物だったらほだされたかもしれない。だがアーガイリスは完璧なマスクを着けた超高性能のロボットだ。絶対に彼女のパートナーにはなれない。かれはそのことを自覚していたし、ふたりにとってはゲームのようなものだった。お遊びであってもロボットのバイオポジトロニクスの許す範囲でいくらか自己満足できたのだ。

それでもときどきニッキはアーガイリスを人間のように感じることもあった。現実に引きもどされたときの失望はちょっと辛かった。だが、かれの招待を毎回受けていたら太ってしまうと思うと踏ん切りがついた。

食事より、おいしい飲み物のことを考えた。

「ばかは食べすぎて、賢者は飲みすぎる」ニッキが以前そういったとき、アーガイリスはもっともだと笑った。かれを人間的にしているのは一種のユーモアで、かれが絶え間なくユーモアで競い合う生物によってつくられたことは明らかだった。その生物とはシガ星人やエルトルス人のことだが、名誉のためにいっておくと、ヴァリオ＝５００をつくるのにモヒカン刈りの巨人が貢献したのはいやみをいうことぐらいだった。

グッキーの要請でアーネスト・ブリーベスカが天文台から出てきた。上からせまい反重力シャフトで降りてきて、グッキーの足もと近くに着地した。

「ほんとうに丸裸で行くべきだよ」と、かれはいいはった。「アンソンに当然なことは、ニッキにとっても正しいだろう」

「女性が大勢の男性の前で服を脱いでおろかしい視線を浴びるなんて論外なことはべつとして、この作戦の道義に反するでしょう」と、骨張った美人がいった。アーネストは全乗員を代表してその意見を受け入れ、お手あげだという身振りで肩をすくめた。

「それじゃ、なにができるんだ」と、グッキーにそっとささやいた。「すこしは手伝えないのか？」

　ネズミ＝ビーバーは一本牙を見せてかれをにらみつけると姿を消した。

「このキャビンにはすくなくともひとり、礼儀正しい男性がいるわね」ニッキは腹立たしげだ。ニッキは天文学者の胸をつついた。「うわの空なの？　自分の天文台に引っこんでて。〈九月の朝〉作戦が終わるまで、姿をあらわさないで！」

「だれなら信用できるっていうんだ！」

　ブリーベスカは跳びあがると搬送フィールドでシャフトに運ばれた。半時間後、準備完了が報告された。

　ニッキ・フリッケルは振り返り、装備が入っているつくりつけの戸棚を見た。セランをくまなく点検する。イルトはすでにもどってきており、こんどは本来の姿のヴァリオ＝５００もいっしょだった。裸の状態ではほかのロボットと大差ない。外見は断面が楕円の卵型ベースボディ、高さ半メートル、中幅は二十センチメートルあった。卵の両端はまるみを帯びている。四肢はテレスコープ状で、必要に応じて伸縮自在だ。やはり伸縮できる頸部の上端には直径十センチメートルの探知ヘッドがついている。

　ロボット内部はいくつか仕かけがそなえられていた。腕の中空パイプには高エネルギー兵器が仕こまれている。ロボット本体のパワーはハルト人と同等で、飛行時の最高速度は時速百キロメートルだった。

裸の状態でヴァリオのハンディキャップはひとつだけ。ひとりでは自分の防御バリアをつくれないことだ。それは疑似ヴァリアブル繭マスクのプロジェクターの仕事だった。ヴァリオがいつもの騒がしいアンソン・アーガイリスの姿であらわれると思っていた者は混乱するだろう。このロボットにはそれぞれのマスクに応じてキャラクターが設定され、それにしたがうようプログラミングされている。マスクなしではただの高性能生体ポジトロン・ロボットにすぎず、洗練された構造と人間の子孫がつくったという事実によってポスビと区別された。

「これから侵入するステーションは、おそらくわれわれが知っているスリンガル星系のステーションよりも大きいと思われる」ヴァリオは突然話しはじめた。その声は自然に響いたが、マスクの音声モジュールはやや単調で、まちがいなく機械の声だとわかる。

「バス＝テトのイルナとのことがあったあとでは、ステーションの中心部に侵入してハウリ人からその秘密を聞き出すのはむずかしいだろう。しかも時間をむだにできない。アトランは自分の遠征隊を計画しており、もうすぐ出発するだろう。その前に重要な手がかりを教えてやれるといいのだが」

「アトランはぼくたちが帰ってくるまで待っているさ」グッキーは憤慨している。「もちろん、もっといいのはかれが……」

「……あなたにたずねることなく出発することね」ニッキ・フリッケルが代弁した。彼女はセランを着こんで閉じ、あちこち操作して追加装備の用意をした。グッキーはちょっと前にルムス・シャーマンが〝ネズコウ用〟と呼んでいたグッキー特製セランを着終わっていた。

準備は完了だ。ニッキが矢継ぎ早に命令を出すと、《ソロン》は向きを変えてハンザコグ船からはなれた。ふたたび星系に向かい、こんどは上方から、惑星の軌道面と軌道の方向を測定して接近した。船は恒星付近で周回軌道を進み、三人はすでに出発の用意を完了していた。

「わたしたち、イルジャではちゃんと役目をはたしてくれた搭載艇で行くわよ」ニッキ・フリッケルはそういうと出発した。グッキーはヴァリオと格納庫にテレポーテーションで先まわりし、

「おどろいたかい？」と、いってニッキを出迎えた。「もっと速く行けるよ、警察が許可すればね！」

搭載艇は滑るように進み、第一惑星の軌道までの距離を進んだ。それ以上近づくつもりはなかった。ハウリ人が第二惑星のまわりに監視ゾンデを仕こんでいるかもしれないからだ。ネズミ＝ビーバーは最後にもう一度人懐っこい笑みを浮かべると、セランのヘルメットを閉じ、ヴァリオのテレスコープアームをつかんだ。

「楽しんできて!」ニッキがそう声をかけたときにはもうふたりの姿はなかった。真空に空気が満たされたぽんという音がしたが、ほとんど聞きとれなかった。

グッキーがもどってくるまで二十五分以上かかった。その顔は真剣だった。六回のジャンプで目的地の様子もわかった。こんどはもっと早く行けるだろう。

*

かれらの前にはむき出しの岩が深みに向かって傾斜し、濃い靄《もや》におおわれた平原がひろがっている。平原の手前しか見えないので、立っている場所からそのひろさは確認できない。目に見える部分の八十パーセントに低い建物と丸屋根がならぶ景色はスリンガル星系で見たことがあった。ハウリ人のステーションと関係あるにちがいない。

「こい!」と、ヴァリオが呼んだ。「近くまで行こう!」

そこで半時間ほど待機する。その間にグッキーは空虚空間で遠距離ジャンプした疲れを癒やした。グッキーはふたりをつかむと、ステーションの終端部と思われる方向へ、なにも見えない靄のなかをテレポーテーションした。

三人は立方体の建物のあいだに出た。その上には金属アーチがいくつもあり、ときどきアーチに閃光がはしり抜けた。接近してくる車輌の鈍いうなり音を聞いたグッキーは、ふたりを連れてすばやく姿を消した。こんどはジャンプ距離を長くし、ステーションエリアを通りこしてずっと先に到着した。実体化したとき、岩棚から見たのと同じような景色がひろがっていた。ちがうのは建物の配置だけだ。

「六百キロメートルはジャンプしたよ」グッキーがヘルメット・テレカムで伝えてきた。安全のため通信到達範囲は最小限に絞ってある。「このステーションはかなり大きいな。スーツの受動探知では、ぼくらの背後にあるのは全体のほんの一部だね」

ヴァリオ＝５００は黙っている。自分の探知ヘッドを最大に引き出し、四肢は引っこめていた。内蔵反重力システムで地面から〇・五メートルの高さに浮いている。

「ここの施設は自前の発電システムを持っていない。惑星のほかの地域からエネルギー供給を受けている。それがどこかを突きとめられたら、大きく一歩前進だ」

「あなたの提案は？」ニッキ・フリッケルがたずねた。「手分けしたほうがいいかしら？」

「現段階では意味がないな」と、ロボットは答えた。「グッキー、なにかわかった？」

「いま受信できるのは、思考中の生物の不確実な騒音だけ。ハウリ人がどこに多くいてどこにすくないかみたいなのはぼんやりわかるけどね。数キロメートルの範囲に騒音発生源がいくつかあるよ。そこにはすくなくともひとりはハウリ人がいる」

「そこへ連れていってくれ！」

ヴァリオの希望はすぐにかなえられた。グッキーはニッキの手とヴァリオが伸ばしてきたテレスコープアームを握ると、施設内へテレポーテーションした。グッキーが選んだ場所は、惑星表面にあった。自分の位置を確認しているあいだに、ヴァリオが施設内の通信を盗聴した。

「アラームが鳴っている」と、ロボットが伝えた。「このステーションと高エネルギー施設とのあいだにメタン嵐が発生した。きわめて危険な悪天候になる。ハウリ人はバリアプロジェクターを持っているが、投入をためらっている。もっと重要なことにエネルギーが必要だからだ。だが高エネルギー施設がここから見てどこにあるのかは残念ながらわからない！」

グッキーは短距離ジャンプでハウリ人がひとりもいないちいさなホールにふたりを連れていった。ホールは二枚の壁で三つに仕切られている。奥にはパノラマプレートがあり、可視域にある建物がすべて見られた。

三人は入口から見つからないよう、高いところにあるふたつの上部構造物のあいだに移動した。グッキーは盗聴したが、頸を振った。

「付近にはだれもいない」と、小声で知らせた。

突然いくつものモニターが燃えるように輝いた。まず窓の向こうのパノラマがうつしだされ、次にカメラが旋回して天空にひろがる黒い点に切り替わった。点は急激に拡大して青黒い壁になり、ぐんぐんステーションに近づいてくる。

「エネルギー反応炉が作動した」と、ヴァリオ＝５００が知らせた。「ハウリ人は用心深い。危険にさらされないことを選んだ。数秒後にはエネルギー・シールドが燃えあがるぞ！」

　だがその前にメタン嵐が吹き荒れた。視覚的には、巨大な惑星の厚い大気圏の一部がひとかたまりになり、突然この平面とステーションに投げつけられたように見えた。暴風が丸屋根にはげしくあたる音がとどろきわたり、そのほかの建物はぐらぐら揺れていた。二度めの衝撃が建物にあたると、アラームがけたたましく鳴り響いた。グッキーが急を知らせるように手をあげた。だれかが司令センターに近づいてきたので、ネズミ＝ビーバーはふたりを連れてテレポーテーションし、数回の短いジャンプで下へおりた。休憩中に三人はモニターでバリアが生成されて自然の猛威にあらがうようすを見た。バリアは持ちこたえ、アラーム音は停止した。

　グッキーはある方向を指さした。

「すくなくともどの方向に高エネルギーステーションがあるかはわかったよ。ぼくたちの前にあるのはハウリ人の通信センターだ。ちょっとここで待ってて。ハウリ人がなにを話しているか聞いてくるから」

　そういい終わるとグッキーは消えていた。

ヴァリオ＝５００は複数の人物が近づいてくるのを熱探知で識別し、その結果をニッキ・フリッケルに伝えた。ハウリ人にちがいない。発見される危険性を考えておかなければならない。

＊

「この部屋には出入口が三カ所ある」と、ロボットは確認した。「そのうちふたつは通廊へ出る。もうひとつはエアシャフトだ。ひとつは使えない。生物が通廊を通ってこっちへ近づいてくるからだ。かれらがめざしているのはこの部屋だ。通廊の突きあたりにあるからな。べつのドアのほうへ行け！」

ニッキはいわれたとおりにした。ヴァリオは彼女がほかにどうしようもなくなるまで待った。かれの合図で、ニッキはドアオープナーを操作して部屋の外へ出た。ふたたびドアが閉まり、ロボットはエアシャフトのなかに消えた。ハッチをロックして上へ駆けあがった。空気の流れに逆らい、いくつもの格子を通りすぎ、分岐点にきた。水平のシャフトを右へ約百メートル進み、それから下へ滑りおりた。かれは高さを正確に把握しているので、入ったときと同じ平面でシャフトから出た。その室内に保安システムがないか確認したが、ハウリ人はどうやら施設内は安全だと考え、さいわいにしてカメラや光電子センサーのような監視システムを配備していないようだ。かれの高性能装備を使って無効化する必要のあるものはなにもなかった。

ヴァリオはあたりを見わたした。おり立ったところは技術機器の整備室だった。ここの作業内容や整備される機器について調べようとターミナルを探す。ターミナルに試験電流を流し、まず手動で操作した。ハウリ人のコンピュータ構造はギャラクティカーのものとは異なっていたが、ヴァリオはなんなく各種機能を見つけだし、作動させた。なにごとも起きなかったので、警報抑制システムを使う必要はないと判断した。システムに接続し、ひととおりチェックしてサンプリングをおこなう。格別重要な情報は得られなかった。これは下位のユニットにすぎない。ハイパートロン注入システムのような共通の上位装置をしめすインパルスはなく、返答不能として拒否された。システムは反応しなかった。

ヴァリオはターミナルの接続をはずし、スイッチをオフにした。部屋を出て細い通廊を進むと、ドアに突きあたった。通廊はそこで終わっており、複数の部屋とつながっていた。

ヴァリオはニッキ・フリッケルを探すことにした。この近くにいるはずだ。赤外線探知を確認したが、熱を大量に発生させる機器が近辺にあるようで探知は困難だった。その放射はハウリ人の熱とも重なっている。

ヴァリオは進むかもどるかの決断に迫られ、進むほうを選んでドアを開けた。ドアは上へスライドして壁のなかに消えた。ヴァリオは自分の反射バリアをオンにした。周囲からは見えなくなるが、バリアの散乱光が自動検知される危険があった。リスクを冒して監視装置のないラボに入ると、十二人のハウリ人が働いていた。小動物を使って電気ショックの試験をしている。かれらは変換器で変換したエネルギーを使っていた。これを見てヴァリオは考えこんだ。それから試験列のあいだを抜けるようにハウリ人たちの頭上を進んでいった。

ようやく前室にあるキャビネットにかくれていたニッキ・フリッケルを見つけだした。セランに固有の熱放射でニッキだとわかったのだ。ヴァリオがＰＩＧで使う暗号インパルスを送ると、すぐにセランが応答した。ニッキは反射バリアの保護でここまで逃げてきたが、バリアが故障したためセランを修理中でまだ完了していないという。

だがこのチャンスを逃す手はなかった。ヴァリオは自分のバリアを最大にしてキャビネットをラボから遮蔽《しゃへい》した。ニッキはバリアに守られながらキャビネットから出て、壁沿いに出口まで進むことができた。ドアを操作して開け、上へスライドするドアをくぐって外へ出た。こんどはハウリ人がドアの開閉に気づいたが、気にとめるようすはなかった。すくなくともかれらにはなんの反応もない。自分たちの作業にもどって熱心に働いた。

外に出てからヴァリオはバリアを解除した。

「グッキーはどこだ？」と、ニッキにたずねた。「きみの思考を見失ったのだろうか？それとも自分の存在を知られないように遮蔽された場所にいるのだろうか？」

「同じことをあなたに聞こうと思っていたわ」《ソロン》の船長は答えた。「かれがどこにいるか、わたしにもわからない。待って、あの向こう側の部屋になにかある！」

ニッキは側廊に入り、かなり高さのあるドアまでヴァリオを連れていった。ヴァリオは探知してから危険がないと合図で知らせた。

目の前にはあの独特のエネルギー変換器があった。以前宇宙船の倉庫で見たことがあった。ここには数十基がならび、ハウリ人の文字に由来するらしい未知の符号がついている。

「これは手がかりになる」と、ロボットは考えた。「だが、いくつもあるなかのひとつにすぎないし、なにを意味するかもわからない。ネズミ＝ビーバーがもどってくるまで待つしかない。われわれはまだ、施設の心臓部まで足を踏み入れていないからな！」

*

グッキーは監視システムをチェックして、自分たちがステーションに侵入したことにハウリ人がまだ気づいていないことを確認した。ひとまず安心だ。しかもハウリ人をもっとくわしく知るチャンスだ。小規模の制御セクションを出て、すぐ近くにある、百人ほどのハウリ人が住む住居エリアをめざした。ほんの五十メートルという距離を、セランの飛行ユニットで飛んだ。いざというときテレポーテーションできるよう力を温存しておきたかったのだ。

だれにも見つからずに住居エリアに入ると、反射バリアでかくれながら各部屋をまわった。そのなかのテレビゲームをしているハウリ人を観察した。ほかの者は〝最後の六日間〟の歌を歌ったり、ヘクサメロンのプールで水浴びしたり、深紅の光でからだを照らしたり、反重力の波の上で空中を浮遊したりと、ささやかな楽しみに浸っていた。最上階の部屋の背景は宇宙空間で、グッキーが見たところ、それはタルカンの宇宙にちがいなかった。娯楽やレジャー用の部屋にも、ヘクサメロンの預言者の言葉やハウリ人の世界観をあらわす標語が書かれた蛍光管が下がっていた。

グッキーにそれは読めなかった。ハウリ人の文字を知らないし、自分の知識で解読する気もない。ハウリ人の考えを知ろうとしたが、何度やってもむだだと悟った。ほとんどのハウリ人は支配者ヘプタメルのための布教活動や〝最後の六日間〟について考えているだけだ。ときどき、まるで精神安定処置がすんだような、なにも考えていないハウリ人が見つかった。そのことが妙にひっかかったので、三人選んで観察、追跡したが、例外なく特定のセクションの上司、つまり指揮官だった。

何度か会話を盗聴し、セランが記録して翻訳した。その結果、九月の朝IIにいるハウリ人のほとんどが自分の意志を持たず、条件づけされ、よく調整された優秀なロボットのように働いているという印象を拭《ぬぐ》えなかった。だがそれは、かれらの自由時間の行動と矛盾している。よく食べよく飲み、冗談をいい合い、鬱憤《うっぷん》晴らしもしていた。みんな人づき合いがよく社交的だ。ただ自分たちのプロジェクトについてだけは、まったく話さない。だれかに聞かれてはならないことを口にしないよう、思考の絆で自分を守るかのように、かれらの思考は同じ原理をちがう表現で絶え間なくくり返していた。

　グッキーはさらに探しつづけた。この問題に粘り強くとり組み、つかのまニッキとヴァリオのことを忘れてしまうほどだった。健全な思想を持って考えられる状態にあるハウリ人をすくなくともひとりは見つけようとしたが、見つからなかった。そのかわり、具体的なヒントを異人の施設で見つけた。

　九月の朝Ⅱの基地全体を形成していたのは、平地にある建物のような六つのステーションだった。エネルギーステーションはそのなかでもっとも重要で、その中心には、この惑星で計画され、建設されたすべてのものの実際の中心があった。惑星のほかの地域から送られてくるいくつかの録音や通信から、なにかがつくられていることにグッキーは気づいた。そこには山のように高く、広範囲にわたって基礎が築かれていた。この惑星のメタン殻に守られてハウリ人が計画しているなにかは、スリンガル星系で見た施設によく似ていた。ちがうのはスリンガルの施設がもっと小規模だったことだけだ。おそらくスリンガルⅣは試作、プロトタイプだったのだろう。そして実際の施設はべつの惑星につくられたのだ。

ちょうどそのとき、グッキーはあやうく発見されそうになった。うっかりセランの反射バリアをオフにするよう指示していたのだ。それが実行されたとき、グッキーは二列にならんだモニターのあいだにいた。しかもハウリ人のグループが前後にいた。その瞬間、ハウリ人もかれのほうを向いた。イルトが非実体化すると同時にハウリ人は片手をあげて叫んでいた。グッキーは行きあたりばったりで通廊にテレポーテーションし、壁のニッチにかくれてアラームを聞いていた。

アラームがとまり、ネズミ＝ビーバーは間一髪で助かったと安堵した。どうやらハウリ人は幻でも見たと思ったようだ。〝最後の六日間〟への永遠の思考が、イルトの幻と脅威の出現を結びつけることを許さなかったのだろう。ともかく、この二時間ほったらかしにしていた仲間を探すほうが先決だった。

＊

「どこへ行っていたの！」ニッキ・フリッケルは両手を腰にあて、ネズミ＝ビーバーをにらみつけた。「なんのために連れてきたと思ってるの、わたしたちをほったらかしにして。許せないわ。何度も見つかりそうになったのよ！」

「ごめんよ、そんなつもりじゃなかったんだ」イルトはおだやかにわびて、自分が見つけだしたことを話した。これでかれらの次の目標が決まった。中心部へ突入したいのだが、これまでのようにはかんたんにいかないことはわかっていた。

「真実を知っていて、そのことだけを考えている者がどこかにいるはずなんだ」と、グッキーは嘆いた。「ヘプタメルとヘクサメロンの言葉を告げる預言者のひとりだよ」

グッキーはふたりを連れてテレポーテーションした。非実体化した次の瞬間、もとにもどってしまった。グッキーは叫び声をあげて床に転がり、興奮状態になった。ヴァリオはネズミ＝ビーバーの上におおい被さるようにしてから片足を伸ばし、注射針を出して開いたヘルメットからグッキーの首に刺した。そのちいさなからだはすぐにぐったりした。

ニッキは床にすわってグッキーの頭を膝にのせた。

「なにが起こったの？」と、ヴァリオにたずねた。

「ネズミ＝ビーバーのいつものうっかりさ、ニッキ。ジャンプしすぎて、テレポーターを阻止するバリアにぶつかってしまった。早く目がさめるように祈るしかない」

半時間ほど待ってからロボットが二度めの注射を打った。数分後に目ざめると、グッキーは混乱したように首を振った。ゆっくり起きあがってあたりを見まわした。

「ひどい目に遭った」と、ため息をついた。「最悪だよ。ぼくがどんな気分だったかわかるかい？　まるで、ニンジン畑の前に立って、手を伸ばしたとたんになくなっちゃったような感じ。この悪夢は頭からはなれそうにないね」

「もっと気をつけないと」と、ヴァリオは注意した。「エネルギーステーション内にバリアがあるのは当然だ。距離はよくわかるようになったか？」

グッキーにはわからなかった。さらに半時間でほぼ回復し、続行が可能になった。二回テレポーテーションすると、三人の目の前にバリアがあった。ヴァリオが探知してインパルスを評価した。それに要した時間はわずか数秒だった。

「このバリアは侵入不能だ。突破するための暗号を手に入れるには時間がかかりすぎる。このあたりにハウリ人がひとりもいないことに気がついたか？」

グッキーがテレパシーで意識を探った。

「ここにはぼくたちしかいない。こっちに有利だ」と、確認した。「入口を探そうか？」

こんどは三人いっしょに行動し、入口を探した。案の定、エネルギー・ハッチは見つからず、バリアのプロジェクターに近づく手段もなかった。道理でハウリ人がほかのステーションのことなど気にせずのんきにしているはずだ。本来のシステムは、バリア外の管理が多少いいかげんであっても、基地に被害がおよばないようしっかり保護されていたのだ。また、宇宙から攻撃を受けても バリアがあるのでどんな砲撃にも耐えられるのだろう。

ネズミ＝ビーバーがニッキ・フリッケルをみつめた。ニッキは不機嫌そうな顔をして、「すべてがむだだったわね」と、嘆いた。グッキーはつま先立ちになって彼女の肩をたたいた。

「弱気になるなよ、ヴァリオに訊いてみよう」

実際、ロボットはすでに決断していた。ふたりはニッキのために一時的なかくれ場を見つけ、それから自分たちの計画にふさわしい場所を探しはじめた。エネルギーケーブルの近くがいい。ヴァリオは比較的安全だと感じていたので、探知キャパシティをすべて投入した。それからグッキーとエネルギー変換器のあるホールにテレポーテーションした。

それがどのような種類の変換なのか、ヴァリオも知らない。自分の思考過程が正しい道をしめしていることを願うばかりだ。ふたりでちいさなホールに装置を運び、ロボットが壁を破った。その向こうにはエネルギー供給用のケーブルがあった。かれはエネルギーステーション内でディストリビュータとバイパスを探した。必要なものを見つけだし、作業を開始した。絶縁部を開き、バイパスをつくってエネルギー変換器をケーブルに接続し、制御ポジトロニクスを調整した。それからニッキ・フリッケルに制御の全手順を説明した。

「グッキーがわたしをバリアの反対側に連れていってくれる。変換器が作用して通路ができることを祈るだけだ」

「でも、どうしたらバリアのこっち側にもどれるの？」

「異論は認める」と、ヴァリオ。「グッキーが手順をくり返す。変換器の作動後にハウリ人が集まってこないかぎりね。持ち時間はきっかり三時間。それまでに基地のメインポジトロニクスを盗聴する手立てを見つけられるといいのだが」

かれはエネルギーを放出した。エネルギー流の中断がつづいてこっちの操作に気づかないよう、バイパスはそのままにした。

次いでグッキーがかれのテレスコープアームをつかんだ。

グッキーはふたりで防御バリアの付近をあちこちテレポーテーションし、遮断ゾーンの反対側へ出た。ヴァリオはバリアの近くで自分のデフレクター・フィールドのうしろにかくれた。

「姿を消せ、おちびさん！あと三分で時間だ！」

グッキーは非実体化し、ヴァリオは辛抱強く待っていた。かれにとって時間は意味のないものだった。三時間であっても待てただろう。かれは自分の受動探知を見守った。きっかり三分後、変換器の作動インパルスを受けとった。バリアに接近すると体内のセンサーをすべてこのエネルギーカーテンに向けた。最初はなにも起こらなかった。変換器のエネルギー放出がつきた。ヴァリオはこの時点で自分の計画失敗を考えた。エネルギー変換器がバリア構造を損なわなかったか、または作用を防止する機構が存在していたのは明らかだ。がっかりして引きさがった。だがかれはなにか見つけた。二メートルの高さに、バリアに沿ってちらちらゆらめくものがある。それがかれのほうへだんだん近づいてくる。高く上昇し、最大値で加速した。急カーブを描いて直接バリアの上へ飛び、バリア内のゆらめきと同時に到達した。バリアの構造が部分的に振動しているのを探知し、さらに加速しつづけた。減速するにはどっちみち遅かった。回路を乱すエネルギーシャワーに触れてしまい、まるで粘りのあるシロップに浸かったようになった。それはほんの一瞬の出来ごとだったが、ヴァリオ＝500は自分の存在が消滅する恐怖を味わった。自分のポジトロニクスが解体されないよう直接身を守る手段を持っていない。バイオニック部分はすでに最初の兆候として消耗と存在不安をしめしていた。

　ついにはからだに衝撃がはしり、二メートルの高さから床へ落下した。卵型のロボットは身動きもせず横たわっている。上方ではバリアがきしむような音を立てて安定した。

　探知は不明瞭で、ロボットは正確な情報を得られなかった。探知ヘッドを伸ばし、周囲を光学的にとらえようとした。かれの機械部分はポジトロンインパルスが乱されたために満足に機能しなかった。ヴァリオがふたたびうまく動けるようになるまですくなくとも十五分はかかった。バリアに沿って接近してくるやせっぽちのロボットグループからかろうじて逃れた。さいわい反射バリアは故障しておらず、いままでどおり姿を消すことができたのだ。

かれはハッチを抜けて、巨大区域内でかれが複合建物と呼んでいる制御センターに入った。それは建物内の建物で、本来の地表から四十メートルも下にある。

ヴァリオは捜索グループが遠くへ行ってしまうのを待って先へ進んだ。エネルギー排出を参照するだけで問題なく主記憶装置への道筋が見つけだせた。用心はしていたが、ハウリ人にもロボットにもまったく出会わないことがかえって不安だった。かれの生体プラズマ本能にしたがうなら、引き返している。だがポジトロニクスの理論的思考にさらに駆り立てられた。

にもかかわらず、罠にはまるのではないかという考えがだんだん強くなる。ヴァリオはそれまでの進路をはずれて迂回することにした。この場合、重要なのは時間だ。こうして二時間以上探しまわり、とうとう決定的なセクター、司令センターに到達した。記憶装置を目にしたとき、ほぼ三時間が過ぎていた。ヴァリオはこの設備のすべての安全システムを点検し、順番にスイッチを切っていった。ようやく自由にアクセス可能になり、自分のデフレクター・フィールドに守られながら記憶装置に襲いかかった。

7

きっかり三時間でニッキ・フリッケルとグッキーはエネルギー変換器をオンにした。装置が作動してもバリアへの影響がちいさかったので、グッキーはテレポーテーションでヴァリオを探しに行った。だが見つからない。成功してバリア内にいるのだろうか。三分後、ふたりは変換器をふたたびオフにした。ロボットから信号か合図が送られてくるのを待っていたが、グッキーはもう一度探しに出かけた。こんども見つけられず、ふたりは考えこんだ。半時間待ってもヴァリオから連絡がないので、もう一度エネルギー変換器をオンにした。ニッキはバイパスをはずし、全エネルギーを装置に送った。変換器がまぶしいほど赤熱し、バリアのきしみ音が大きくなった。閃光がはしり、轟音《ごうおん》がとどろいた。放電がホールを貫いて壁の上部を焦《こ》がした。

やがて見えないバリアにむらさき色の亀裂が生じ、どんどんひろがった。

「いまだ！」

グッキーはニッキ・フリッケルの手をつかんでテレポーテーションした。バリアの向こう側に出ると、エネルギー変換器が爆発し、はげしく燃えあがる炎がぶつかってバリアを破壊していた。

イルトはもう一度テレポーテーションし、制御ステーション内へ方向を定めた。かれらが到着したのは物置部屋だった。ネズミ＝ビーバーのセランがロボットに向けて信号をはなった。応答はなかった。ただひずんだ高音がある方向から聞こえたが、意味を成していなかった。

ふたりは見つめ合った。この状況で、たがいに無言で理解しあった。グッキーはニッキの考えを読む必要もなかった。信号のあとを追ってテレポーテーションし、大広間の壁ぎわに実体化した。そこが制御施設の中心であることはすぐにわかった。そしてなにが起こったかも理解した。

「火事だ！」イルトは叫ぶとヘルメットを閉じた。セランが防護バリアを増幅し、武器システムが作動した。

ハウリ人基地の地獄の中心に直接出てしまったのだ。

＊

十五分もしないうちにヴァリオはデータシステムを解読し、すべての暗号と障害を解除した。それから記憶装置の権限を自分に完全移行し、最初のテスト質問をした。概要を把握すると、手順と体系化を簡略化した。わずか数秒で知りたい範囲に到達した。かれが知り得た内容は、アトランとイルナがスリンガルⅣで経験したことをあらゆる点で上まわっていた。渦状銀河とその住民、とくにカルタン人にとって終焉に等しいなにかが起きていることを悟った。

ハウリ人は、ハンガイ銀河を失った埋め合わせに渦状銀河全体をタルカンに運ぶことをもくろんでいた。だからM-33のあちこちに基地をつくり、莫大なエネルギーを必要としていた。それゆえあれほどハイパートロップ吸引装置をほしがったのだろう。貴重な装置を手に入れるため、かなりの数のコマンドが向かっているのは確実だった。ハイパートロップがあればこの計画は大幅に加速される。

プラトゥルがアトランに語った言葉にはあらたな重みがつけくわえられた。ハウリ人はヴィラメシュ銀河で活動を展開し、アブサンタ＝ゴムでも目撃されていた。ヴィラメシュ銀河の渦状腕、とアブサンタ＝ゴムのハローにある球状星団は、タルカンに運びこまれたものだった。

ハウリ人はもはや太陽の数百万倍の質量では満足していない。銀河全体が対象のようだ。

その原理はかんたんだ。ハンガイ銀河の四分の一がメエコラーへ運ばれるたびに、ハウリ人の物質シーソーが作動し、メエコラー物質の一部をタルカンが得る。

二回は機能したが、三回めはシーソー原理が生じなかった。ハンガイ銀河の三つめの四分の一は、ハンガイ銀河のカルタン人のメッセージによると八月四日に到着しているはずだった。だが、移送はおこなわれず、十一月末に延期された。ラトバー・トスタンはこちら側のハンガイ銀河に進出したとき、このことを知った。

なぜそんなことになったのか、主記憶装置の内容からではわからなかった。ヴァリオは、物質シーソーが渦状銀河でまだ使用できないために、ハウリ人が輸送を妨害したのではないかと推測するだけだ。

記憶装置からはもうひとつ重要な情報が得られた。これまでに確認した三角座銀河の基地はたんなる前哨にすぎなかったのだ。件の物質シーソーをそなえた巨大基地が、どこかに存在する。

ヴァリオはもうすこし探ってみた。データを選り分けて自分に送信するよう命令した。記憶装置はべつのセクションを開いてデータをロボットに送った。

だがそのデータはとどかなかった。

ヴァリオは記憶装置が自分の介入から逃れたことを知った。それだけではない。情報伝達のプロセスが逆転した。磁場が発生してロボットが麻痺し、抵抗できなくなった。これまでにかれのなかに流れこんできた知識が消えていった。もうなにものこっていない。あっさり記憶装置が接続され、かれの知識が個人の詳細情報もふくめてすべて抜きとられた。ロボットは駆動装置を起動させてその場からはなれようとしたができなかった。見落としていた安全回路があったにちがいない。

あるいは、だれかがわざといまになって介入してきたのだろうか。

基地をとり仕切っている本当の指揮者についての考えが頭に浮かんだ。かれはグッキーがこの基地のハウリ人についていっていたことを思いだした。

ロボットのポジトロニクスはバイオニクスとの接続をとっくに中断していた。それによってヴァリオの本当の秘密は守られた。困惑したのはポジトロニクスだ。知識を失ったあとも記憶可能なプラズマは、たとえ周辺的であってものこっていた。

だれかが司令センターに入ってきた。

ヴァリオはそれがハウリ人だとすぐに気づいた。その生物はコンビネーションの上に赤いケープをはおり、歩いてゆっくり近づくと立ちどまった。ハウリ人は卵を見て母語でいった。

「このわたしの目を盗んで侵入し、逃げおおせるとでも思ったか？」

卵は身震いした。まだ磁場のせいで麻痺しているので逃げられない。

「解放してくれ！」

ハウリ人は笑ったように見えた。

「わたしはずっといっしょにいる。まずおまえの知識を返してやろう。それからおまえのシェルも。ギャラクティカーもやるじゃないか、わたしにスペシャル・ロボットをよこすとはね。だがこの基地の本来の偽装を見落としたな。あちこちのステーションにいる技術者のように、ハウリ人が全員目も見えず耳も聞こえないと思いこんだだろう。少数の真の預言者が、ヘクサメロンの選ばれし者、アフ＝メテムの直接の受託者が、この惑星にいるかもしれないことをおまえたちは予想もしていなかった。おまえの計画などはじめからお見通しだ。そのための準備もしておいた」

ヴァリオはまるで信号を受信しているように感じた。けれども、それに集中できない状況で結論を引き出さないほうがよかった。

「おまえをヘクサメロンの預言者にしてやろう。このわたし、アルグマーがおこなう。したがってそれは実現する！」

どこかでなにかが割れる音がした。記憶装置の筐体《きょうたい》がビームショットで引きちぎられた。アルグマーは叫びながら身を投げるように前へ出ると、同時にかれの防御バリアが作動して卵のすぐ手前でとまった。磁場が弱くなり、ハウリ人は制御装置に駆けよった。

ヴァリオ＝500の運動能力が一部回復し、ポジトロン部分もふたたび問題なく機能しはじめた。明らかにハウリ人の影響を受けていたデフレクター・フィールドがふたたび作動していることに気がついた。ホールの奥でなにかが動くのを感じ、記憶装置との接続を解除した。知識伝達がふたたび逆方向になり、数秒以内に失ったデータがすべてもとにもどった。情報量はさらに増えてヴァリオに満たされた。

　ホールの上にはエネルギー・シールドが輝いていた。アルグマーがスイッチを入れておいたのだ。ハウリ人は引きさがりながらドアから目をはなさない。

「グッキー！」ヴァリオが呼んだ。「こいつを捕まえろ！　逃げるつもりだ！」

　イルトはニッキといっしょに右へテレポーテーションし、道をふさいだ。アルグマーは曲がった柱の陰から撃ちはじめ、ふたりの防御バリアを溶解させた。グッキーは動じなかった。

　ものすごい力でバリア内の相手をつかみとって引っぱった。アルグマーは広間を横切って移動し、壊れた装置の部品に衝突した。稲妻が光り、ハウリ人は上へ投げ飛ばされた。かれの防御バリアは消え、そのからだは床にたたきつけられて動かなくなった。

　ヴァリオが近づいて生死をたしかめた。ハウリ人は死んでいた。自分の装置に殺されたのだ。

「しまったな、かれの考えを探ることはもうできないぞ、おちびさん」

　三人はあたりを見まわした。修理ロボットがフロアハッチから入ってきて修理をはじめた。ヴァリオがもう一度主記憶装置を操作すると、かれの内部にデータフローが流れこみ、まるで乾いた海綿に水がしみこむように吸収された。

　ステーション周囲のバリアは消滅したままだった。ロボットはハウリ人の死体を持ちあげた。

「偽の手がかりをつくり出さなければならない。グッキー、エネルギー変換器のところへ連れていってくれ！」

修理ロボットが損傷を短時間ですべてもとどおりにできることをたしかめ、三人はテレポーテーションした。壊れた変換器のそばに実体化した。

ヴァリオは探知ヘッドを伸ばし、視覚レンズで周囲を観察した。それから死んだハウリ人を、まるでエネルギー変換器を使った実験で死んだように見える場所に横たえた。

「アルグマーがいないことにだれかが気がついたときのためだ」

だがヴァリオはそれでごまかせるとは思っていない。ヘクサメロンの真の預言者はこのセクターで、まるで世捨て人のように暮らしていた。そのまわりにあったのは機械だけだ。

三人は司令センターから最初に滞在した施設に引きあげた。ヴァリオは記憶装置から得た知識を詳細に報告した。

ハウリ人の布教活動がはっきりした。この生物が〝とりもどす〟と話すときは、それは精神的な親族関係のことだけではなかった。具体的な意図と結びついていたのだ。

九月の朝IIでは、それ以上の情報は得られなかった。三人は自分たちの痕跡を可能なかぎり消し去ってから帰途についた。

＊

　三人は搭載艇にテレポーテーションし、そこから《ソロン》へもどった。次のハイパー通信リレーへ出発し、《レッドホース》がかれらを追った。グッキーは、《バジス》、コズミック・バザール〝ロストック〟、そしてアトランの小規模船団のあるセクターに詳細な報告を送った。

「こちらグッキー」ネズミ＝ビーバーが報告をはじめた。「ぼくの話を聞いたひとは、次のことに注意して……」

　そのあと一連の説明がつづいたが、同時にちがう情報も入ってきて、イルトは自分の文章をすこし変更した。アトランと十二隻の船がすでにハンガイ銀河に向かってスタートしたことを知ると、グッキーは急に悲しくなった。その日は四四七年九月三十日で、二隻の船がたがいに通信することはもうないだろう。

　ネズミ＝ビーバーが報告を終え、特務コマンドは任務の疲れを癒やした。グッキーはヴァリオ＝５００をかれの船にもどしてやった。それから怒りをおさえるためにネズミ＝ビーバーはとりあえず横になった。だれかがグッキーにそっと息を吹きかけたので目がさめた。おどろいて起きあがると、やせっぽちで太鼓腹のメルマトルが目の前にいた。テラナーは姿勢を正すと話しはじめた。

「よかったら、ちょっと《ソロン》を見てまわりたいんだ。とても興味深い船だからね。《レッドホース》にはないものがたくさんある」

「ほんとうだね！」グッキーも乗り気だ。「《ソロン》にしろ《ワゲイオ》にしろ、夜の放浪者はいつもサプライズを用意しているから。でもアンソンはどういっているの？　どうしたらこの陰鬱《いんうつ》な旅をもっと快適にすごせるか、考えないのかな？」

「そんなのかんたんだぞ。まかせろ！」

　グッキーは天井まで飛びあがって男を見おろした。

「聞かせて！」

「ネズミ＝ビーバー狩りなんてどうだい！」

　イルトは憤慨してちがうキャビンにテレポーテーションした。

　ちょうどニッキ・フリッケルの膝の上に実体化したのは偶然だろうか？

「ゲストを選ぶときはもうちょっと慎重にやってよ！」グッキーはニッキに文句をいった。

「たしかに。わたしもいまそう思ったところよ！」

＊

　そのあとの祝宴はこれ以上ないほどいい雰囲気だった。グッキーだけが微妙に不機嫌な顔つきをしていた。三皿めの前菜が出ると、もうがまんできなかった。

「あらゆるアルコン種族の苦悩がかれに、あのしぶとい年よりに降りかかるべきだ」と、腹立たしげだ。「ぼくがタルカン宇宙にいっしょに行きたいことはわかっていたはずだ。絶対許さないぞ、ぼくを置き去りにして行っちゃうなんて」

「きみには絶対忘れちゃならないことがあるぞ、おちびさん！」アンソン・アーガイリスがイルトの肩を親しげにたたくと、グッキーはさらにちいさくなった。

「なんだって？」

「アトランの船団にはニンジンはないし、タルカン宇宙で育つニンジンを食べるとストレンジネス痙攣《けいれん》が起きるぞ」

「なんてこった！」

ネズミ＝ビーバーが辛そうな顔をすると、オリンプの皇帝、ニッキ・フリッケル、《ソロン》と《レッドホース》の乗員は大笑いした。

「だからそのかわりにちょっと埋め合わせがしたいんだ」と、ルムス・シャーマンが大きい声で語りかけた。「タルカンでの失われた冒険の埋め合わせとしてはすくないが、《レッドホース》の料理人に同意はとってある。セルジオ・スタームが、ほんもののテラのニンジンを自分専用のクーラーボックスに入れてあるとかいってたぞ！」

こんなにうまくいくとは。ぽんと音がしてイルトが消えた。宇宙服なしで数千キロメートルはなれた航行中の《レッドホース》にテレポーテーションしたのだ。
それもニンジンのためだけに。

タルカン遠征隊、発進！

クルト・マール

登場人物

アトラン……………………………アルコン人
ジュリアン・ティフラー……有機的独立グループ（ＧＯＩ）代表
フェルマー・ロイド…………テレパス
サラアム・シイン……………オファラー。歌の師
ラトバー・トスタン…………テラナー。《ツナミ＝コルドバ》艦長
ゲ・リアング＝プオ…………カルタン人。グループリーダー
ヒュー・ウィン………………同。惑星ドグアングの庇護者
マン・グロ……………………同。虎の王
テング・ウー…………………同。ハウリ人研究家
ノオリ・パン・ロトク………ハウリ人。炎の鏡

1

かれは《カルミナ》の船載シントロニクスがうつしだした大画面をじっと見ていた。そこには銀河間にある空虚空間の漆黒の闇がうつしだされ、ぼんやりした光の斑点があちこちにただよっている。数千万年かけて観測者の目に光がとどいた星雲だ。

かれは奇妙な不快感に襲われた。この画像はほんものではなかった。本当に重要なものはかくされていた。まるで理性と論理的思考を持った撮影装置が、人間の知性で理解不能なものをうつしてはならないと判断したように、不気味さ、不可解さをつつみかくしていた。それがなにかというと、最近局部銀河群の端にある宙域に物質化した異銀河の星の海だった。

ハンガイという名は、すくなくとも相互に文化的コンタクトがあり、共通語であるハンゴル語を話すハンガイの住民が名づけた。かれらはタルカン宇宙からやってきた。タルカンと呼ばれる死にゆく宇宙、収縮するコスモスでは、星間距離が日に日に短くなり、背景温度は千度の限界をとうに超えていた。ハンガイは巨大な銀河で、故郷銀河よりもはるかに大きくて稠密《ちゆうみつ》だった。二千億個の星が集まり、直径は十三万光年あった。信じられないことだが、ハンガイがタルカン宇宙から通常宇宙に漂着したのは自然現象ではなかった。人はもしかしたら、自然界がそんな奇蹟を起こすと信じるのかもしれない。探究する知力がこのプロセスの法則を認識していなかったからこそ奇蹟なのだから。自然はふたつの宇宙の星の住民をとり替えることを許している。そしてかれらがしたがう行動法則は、遅かれ早かれ認識されて理解されるだろう。

いや、ハンガイ銀河の移送は意図的に目標を定めて、知性生物であるカルタン人とその盟約者によって遂行された。そして不気味なことに、どうやってこんな突拍子もない仕事を成し遂げたのか、当のカルタン人が知らないようなのだ。かれらに〝歩く死体〟と呼ばれていたラトバー・トスタンは、カルタン人のマン・グロに質問したが、得られた情報はわずかだった。マン・グロは〝メエコラー・プロジェクト〟の責任者でありながら科学的知識が非常に乏しく、まるでときどき〝上から〟ささやかれてようやく自分がすべきことを理解しているような印象をあたえた。

知り得るかぎり、通常宇宙に移送されたのはハンガイ銀河全体ではない。ハイパーエネルギーベースで作動する計測装置やディテクターしか侵入できないストレンジネス壁の背後には、渦状銀河をまんなかで両断したような物体があった。通常宇宙へのハンガイ銀河の移送は二段階で遂行された。NGZ四四七年一月三十一日と四月二日にそれぞれ五百億個の星が物質化された。星々はパズルのパーツのようにたがいに結合された。ラトバー・トスタンは、実際にはあと二回移送が予定されているとマン・グロから聞いていた。そのうちの一回は四四七年八月四日におこなわれるはずだった。かつてトスタンが〝虎の王〟と名づけたマン・グロは、移送が延期されたことを大いに憂慮し、ハンガイ銀河の三つめの四分の一である第三クオーターが計画どおり通常宇宙にあらわれなかったのはヘクサメロンのせいだと主張した。いまは移送に適した次の日程を待っているところだ。ラトバー・トスタンがカルタン人の日付を正確に銀河系の暦に換算できたとすると、それは四四七年十一月三十日だった。

　タルカンから通常宇宙に移送されたのは恒星の物質だけではなく、物質に埋めこまれた時空間もいっしょだった。よその宇宙の一部、タルカンの四次元連続体がメエコラーに到着したことで、まったく異質のストレンジネスが持ちこまれた。仮形成されたハンガイ銀河は通常宇宙ではまだ異物だったが、ストレンジネス差異はいずれ消滅するだろうと思われた。ただ、局部銀河群からきて、きょうハンガイ銀河にはじめて進入した者にとっては、まるで異なる宇宙に入りこんだように思えることだろう。次元の境界は存在しなかった。異銀河を宇宙ののこりと隔てる垣根をこえるために特別な駆動システムは不要だが、見えない境界をこえた者はストレンジネス・ショックに襲われた。ニッキ・フリッケルは最初の四分の一、すなわち第一クオーターのハンガイ銀河が物質化した直後に物質化ゾーンにいたため、身をもってそれを体験した。ニッキは何カ月も意識不明のままだった。

《カルミナ》も同様にハンガイ銀河へ進入予定だった。《カルミナ》だけではなく、合計十二隻の遠征船団は見えない境界をこえることになる。ペリー・ローダンを見つけだし救助するという遠征隊の目的を考えると、遅れは許されない。だれが考えてもローダンには至急支援が必要だ。十二隻の船団の乗員と機器類をストレンジネス・ショックから守らなければならない。だがこのショックを阻止するのは銀河系の技術では当面無理だった。そこで、超越知性体〝それ〟の依頼を受けてペレグリンがそれを引き受けると申し出た。遠征隊にもとヴィールス船の物質がすべて提供された。かつてあれほど巨大だったヴィールス・インペリウムのわずかな残骸である重さ百億トンのヴィールス雲がこのちいさな船団に随行し、完全に異質なストレンジネスの影響がおよばないよう働くという。ペレグリンはそれがどう実行されるのかくわしく打ち明けなかったが、かれは〝それ〟の代弁者であり、超越知性体を信用しない者はそもそも遠征隊の乗員にはいなかった。〝それ〟はこの計画に関心があると明言し、遠征隊にできるかぎり早く出発するよう示唆《しさ》した。無限にひろがる宇宙のなかからたったひとりの人間を見つけだすなどまったくばかげているという者に対して、〝それ〟は、遠征隊がタルカン宇宙へ進入したときにあらわれるポイントがあると説明した。そのポイントは、ドリフェルが吐きだしたときにペリー・ローダンがあらわれたポイントであり、その付近に遠征隊があらわれるように作用する力があるのだという。

心配する者たちもこの話を聞いてだんだんと賛成にまわった。〝それ〟を味方にした者に心配など無用だ。超越知性体が苦難の時代に忠実で信頼できる仲間であったことを、二千年を超える人類の歴史が証明している。

船載シントロニクスの合成音声が突然室内の静寂を破った。

「当直担当者に緊急メッセージです。このメッセージは遠距離中継で渦状銀河からとどきました」

考えにふけっていたところを中断された男は顔をあげて応答した。

「こちらはジュリアン・ティフラーだ。聞かせてくれ」

*

「この通信は完全な単方向通信です」シントロニクスが説明した。「応答する場合は、ご自分で返信操作をする必要があります」

「切り替えてくれ！」ティフラーはいらだっている。

スイッチングのはじけるような音がかすかに聞こえ、受信装置からガサガサと鈍い音がした。何十万光年もの距離を、不十分な手段で中継した通信であることはまちがいない。ノイズに混じってよく知っている声が聞こえると、ティフラーは驚いて耳をそばだてた。そのよく通る、時に甲高《かんだか》い響きと、メロディ豊かに音程があがったりさがったりする声は紛れもない。

「こちらはグッキー。ぼくの話を聞いたひとは、次のことに注意して。渦状銀河にはハウリ人の基地がたくさんある。ハウリ人は次の機会に渦状銀河全体をタルカンに移送するつもりだ。ちゃんと聞こえてる？　まだ報告があるからちょっと待って！　ハウリ人はこの宇宙で前哨部隊として働いている。でもかれらには銀河全体を自力で移送する手段がないんだ。それなのにどうやって実行するのか、まだくわしいことはわからない。でもメエコラー・プロジェクトに便乗している。計画を実行できる次のチャンスはハンガイ銀河のもう四分の一が移送されるときだ。こういうやりかたをぼくらは物質シーソー効果と呼んでいる。かれらはなんらかの方法で、メエコラー・プロジェクトが発生させたエネルギー流を利用して、タルカンから通常宇宙に物質を転送すると同時に、同じ種類の事象を逆方向にも引き起こしたんだよ。

　ぼくの話を聞いている友よ。状況は深刻だ。うそ話をもっともらしく話しているわけじゃない。ぼくたちがなんとかしないと、ハウリ人の物質シーソーの稼働を阻止しないと、近い将来渦状銀河がぼくらの宇宙から消えてしまう！　きみたちといっしょに行きたかったな。タルカンを見たかったし、ぼくもペリー・ローダンを助け出す手伝いをしたかった。でもぼくにとっていまもっとも大事なことは、ニッキ・フリッケルといっしょにPIGののこりの人員とハウリ人の物質シーソーを見つけることだ。

いい旅と成功を祈っているよ。トランプのよき精霊が、ぼくたち全員といっしょにいますように！」

聞き慣れた声が聞こえなくなってからもずっと、ジュリアン・ティフラーはシートにすわったままひとりでじっと考えこみ、前を見つめていた。人間の精神をゆるがすような信じがたい出来事があとを絶たないのは、自分になんの尺度もないからだろうか？　ほんの一年前には銀河をまるごとべつの宇宙にうつせるなどという者は空想家とみなされただろう。オーグ・アト・タルカンが九カ月前にはじめてみずからの種族の歴史のことを話し、ハンガイ銀河をメエコラーへ移送して宇宙の熱死からタルカンを守る計画について報告したとき、それは伝説あつかいされていた。ある宇宙からべつの宇宙へ銀河を移送しようと積極的に動いている者が本当にいたなど、だれが信じただろう？

ジュリアン・ティフラーは立ちあがった。

「アラームを鳴らせ！」と、シントロニクスに命じた。「グッキーの知らせを最速でみんなにひろめてくれ」

＊

ごくごく薄いベールのように、それは宇宙の深淵から漂ってきた。その動きはまるで遊んでいるようだ。ベールはあちこちでひるがえり、集まったかと思うとまたひろがり、待機している十一隻の宇宙船がいるほうへと漂って、まるで人間の耳には聞こえない音楽のリズムに合わせているかのようだった。ジュリアン・ティフラーは、遠い昔テラの熱帯地方で海にもぐったとき、よく似た物体を見たことを思いだした。それは原始的な生物で、ベール状のからだが海水の動きでゆらゆらなびいていた。

十分前に探知機がはじめてヴィールス雲を見つけた。それがどこからきたのかはだれにもわからなかった。数光秒はなれたところにあらわれてからは、通常速度で十一隻の船に向かってきた。

《カルミナ》の司令室は出発直前の慌ただしい雰囲気だった。全員が配置についていた。シントロニクスのデータ・ステーションから船の装置や機能がスイッチ要素にいたるまで点検された。スペシャリストのグループが最後のシンクロンテストをおこなった。この種の作戦では、小部隊が一丸となって対応、起動する能力を持っているかどうかで生死が左右される。この場合、全体の制御は《カルミナ》がおこなう。《カルミナ》は旗艦であり、アトランが作戦の指揮官だった。

ほかのどの船よりも規模や技術、兵器装備の豊富さで勝《まさ》る十二隻めの艦《ツナミ＝コルドバ》がまもなくくわわることになっていたが、《カルミナ》が旗艦であることに変わりはない。《ツナミ＝コルドバ》は、かつてのUSOスペシャリスト、ラトバー・トスタンの主導により設計された新型艦で、船体は直径五百メートルの球型艦だ。《ツナミ＝コルドバ》は目下、船団の集合場所から二十光分はなれたところにいる《バジス》に搭載されていた。《ツナミ》艦の機能をそなえたこの艦は数分後には《バジス》をスタートし、この船団に合流する予定だった。

ジュリアン・ティフラーとアルコン人は司令コンソールの前にすわっていた。ホログラフィー図表には新データが毎秒流れこみ、最終テストの進捗《しんちょく》状況がしめされている。最終テストは最後の段階に入り、船隊のユニットが制約なしに出動して遠距離航行が可能なポイントに近づいていた。探知機画像にはほかの十隻の宇宙船のリフレックスが光っている。すべて二百メートル級の球型船で、すこしはなれて《バジス》の明るい光点があった。ヴィールス雲のゆらめくベールもその視界をじゃますることはなかった。

ジュリアン・ティフラーはベールが一カ所に集まるさまに見とれていた。まるでマントのように十一隻の船団をつつみはじめ、やがて直径数千キロメートルの完全な球体になって凝固したように見えた。幻影のような構造物に最後の波動がはしり抜けた。光学探知で小船隊をとり巻く空間がほんの一瞬光ったように見えたと思うと、ヴィールス雲は最終形態になった。

「われわれといっしょにどうやって作戦行動するのか不明です」と、ジュリアン・ティフラー。「われわれとコミュニケーションする方法も」

「ヴィールスは極小の情報処理機だ」と、アルコン人。「百億トンのヴィールス物質には数クワドリリオンから数クィンティリオンのヴィールスがふくまれ、各ヴィールスはちいさなスイッチング要素の具現だから、雲のなかにどれほどの知性ポテンシャルがあるのかはかりかねている」

この短い会話が合図のように、受信機から声がした。

「ヴィーラから遠征隊旗艦へ」柔らかい女性の声だ。「聞こえますか？」

アトランの顔に笑みが浮かんで消えた。

「ヴィーラ、よく聞こえるよ」アトランは半メートルほど前に浮かんでいるマイクロフォンのエネルギー・リングに向かって答えた。「なにか報告があるのか？」

「スタート準備ができました。各宇宙船の船載シントロニクスと通信もできます。調整に問題はありません」

ヴィールス雲の声はインターコスモを話した。

「異銀河のストレンジネス・ゾーンに進入したとき、どんな作戦をとるのかわれわれは知らない」と、ジュリアン・ティフラー。「きみの仕事は、ストレンジネス・ショックからわれわれを守ることだ。そうなったとき、われわれはどうすればいい？」

　気のせいかもしれないが、ヴィーラの返答には、親しみをこめたからかいの調子がひそんでいるように思えた。

「作戦はわたしに一任してくれませんか？　もちろん通常航行のときはちがいます。危険な個所でだけです。ハンガイ銀河へ入るときとタルカン宇宙へ移行するときに」

　ティフラーとアルコン人は困惑して顔を見合わせた。

「きみが指揮するのか？」アトランは唖然として訊き返した。

「かまわないでしょう？　すべてのシントロニクスとコンタクトしていると報告しましたよね」

　アルコン人はティフラーをもの問いたげに見つめた。ティフラーは肩をすくめると答えた。

「かまわないよ。この計画は計測不能なことだらけだ。多かれすくなかれ不確実なことに左右される」

「了解だ、ヴィーラ」と、アトラン。「危険なポイントではナビゲーションをまかせる」

「わたしに苦情をいうようなことは起きないでしょう」ヴィールス雲の声はそう約束したが、こんどもからかいがこめられているように聞こえた。

「自分勝手な……やつだ」と、アルコン人はつぶやいた。

ほどなくして《バジス》が連絡してきた。スクリーンにうつしだされたのはウェイロン・ジャヴィアの上半身だった。いまや伝説となったタートルネックのセーターを着たウェイロンは、その年齢について無粋な推測がなされていた。

「かれをそちらへ送ります」大型宇宙船の船長はそういうと、すこし黄ばんだ丈夫そうな歯列をむきだしにしてにやりとした。「今後はみなさんにおまかせします。わたしはお役御免です。注意してあつかってください。ピンがはずれかけた榴弾のようなやつですからね」

〝かれ〟がだれなのかはいうまでもない。銀河ギャンブラーのラトバー・トスタンは重度の薬物中毒から生還し、USOの狡猾《こうかつ》なもとエージェントにして自称マンモン教団の宗主だ。

探知機画像には《バジス》からはなれて高速で船団に向かってくるリフレックスが見えた。ほどなくしてトスタンは自分で連絡してきた。

はじめてかれを見た人は死ぬほど驚く。薬物中毒とその後の依存症を断ち切るためのきびしい治療が、最悪のかたちでからだを消耗させた。骨張った顔に黄色くなった肌がぴったり貼りついて、頭部はまるでしゃれこうべのように見えた。肩幅はすくめたようにせまく、いつも凍えているみたいだ。ラトバー・トスタンは、自分が遠い昔に持っていた魅力をとりもどすなど不可能だと確信し、衣服の手入れさえ放棄している。USO時代の襟もとが擦り切れた古い制服を着たきりだ。トスタンの外見が恐ろしすぎて悪夢を見るといっていっしょに仕事をするのを拒む者さえいた。かれの姿をモニター画面で見れば、その気持ちもわかる。

「こちら《ツナミ＝コルドバ》」空虚なガラガラ声で登場だ。「艦長ラトバー・トスタン。乗組員、覚醒者が七名、深層睡眠中が百五十名」

トスタンは無表情でそういった。深層睡眠中とは、タルカンでの任務を待つために《ツナミ＝コルドバ》の五つのキャビンで生物学的に人工冬眠状態にされた百五十人のテラのスペシャリストだ。

「ラトバー・トスタン、ようこそ」アトランは画面の男に挨拶した。「位置についてくれ。どこかはわかっているな。スタートは二十時三十一分だ」

ジュリアン・ティフラーは《ツナミ＝コルドバ》が目的地からまだ四万キロメートルもはなれているのにすこし減速したことにちょっと驚いた。

「失礼ながら、尊敬する指揮官殿」トスタンが話しだした。「あなたがたは周囲の世界から隔絶されて閉じこめられているようですね。わたしの探知機には球状の殻のかたちをした船隊をつつむ障害が表示されています。砲撃して入るための穴を開けたほうがいいですかね？」

「きみが障害と呼んだのはヴィールス雲だ」と、アルコン人。「《ツナミ＝コルドバ》用の入口をつくってくれるから砲撃の必要はない」

「それは残念」そういうとラトバー・トスタンはほとんど唇のない口を閉じてにやりと笑った。司令コンソールのふたりは背筋が凍る思いだった。

通信はそのあとすぐに切れた。探知スクリーンでは、ヴィールス雲の極薄の壁に本当に穴が開いたのが確認された。穴は直径が数キロメートルあり、《ツナミ＝コルドバ》のナビゲーションシステムはすぐに感知したようだった。船は数度コースを変更し、なにごともなくヴィールス雲につつまれた空間に入った。開口部は数秒後に閉じてもとどおりになった。

アトランは隣りにいるティフラーを見た。

「この男には注意が必要だな」アトランは真顔だ。「むやみに撃ちたがるという印象を受けた」

「それは」ティフラーは笑った。「わたしはそうは思いません。心配にはおよびませんよ。しょっちゅう撃つぞというわりには、それ以外に方法はないというときにしか撃ちませんから」

2

ジュリアン・ティフラーはクロノメーターの数字を、絶え間なくリズムを刻んでスタートまでのこりすくなくなっていく秒数を、見つめていた。

かれは考えこんだ。当初この船隊は十三隻の船から構成されていた。《カルミナ》はもともときわめて非正統的なかたちの宇宙船だったが、それがいまではちょっと気が変になった抽象芸術家の作品のような姿になっていた。というのは惑星サバルにあるネットウォーカーの基地で、オファラーのサラアム・シインのために建造された専用船《ハーモニー》が合体していたからだ。遠征隊の計画時、アルコン人はオファラーの歌の師を帯同すれば役にたつかもしれないと思いついたのだ。その歌でほかの生物の意識を混乱させられるからだ。かれはサラアム・シインをある種の秘密兵器のように考えていた。歌の師なら、その催眠作用のある歌声で背後から影響をおよぼし、危険を排除して強情者の口を割らせることもできる。

サラアム・シインはその提案にすぐに応じた。むろん、かれの興味はギャラクティカーのものとはほとんど一致してはいなかった。局部銀河群に滞在するようになってさまざまなことを聞き知ったとはいえ、この数年間に何度か会ったペリー・ローダンという男の運命などどうでもよかった。だが旅の行き先はタルカン宇宙であり、タルカンではかつて十二銀河の星域を支配していた超越知性体エスタルトゥが消息不明だった。サラアム・シインが自分の音楽以外に興味があるとしたら、それは姿を消した超越知性体をとり巻く秘密だった。そのことだけで、かれはこの危険な旅に参加する気になったのだ。《ハーモニー》は《カルミナ》の後部にエネルギー的にドッキングしていた。それは堅牢できわめて負荷に強い接続だったが、秒単位の速さではずすことが可能だ。《カルミナ》に搭載されていたベクトリング可能なグリゴロフ・プロジェクターは、その生成するフィールドが《ハーモニー》をふくむように改造されていた。

そしてさらに、ちょっと奇妙なことが起こっていた。ギャラクティカーのステータスを持たない遠征隊の唯一の参加者として、十二名のカルタン人が乗船していたのだ。かれらは自発的にやってきた。すくなくとも自分たちではそういっていた。けれどもアトランは、かれらが高位女性たちに送りこまれたのではないかという疑いを密かにいだいていた。カルタン帝国の高官は、タルカン遠征に参加しないとチャンスを失うと感じていたのだ。十二名のカルタン人は自発的に志願したのではない。かれらはカルタンの最高権威に従順な臣下だった。

数日前のことだった。カルタン人グループのリーダー、ゲ・リアング＝プオが思いがけず司令室に姿をあらわした。ちなみに、このグループは女性六名、男性六名で構成されており、この種族の社会体制と同じく女性カルタン人の地位が上だ。ティフラーとアルコン人はそのときちょうどキャリブレーション中で、超高周波ベースで作動するハイパー測定装置にてこずっていた。ゲ・リアング＝プオは作業のじゃまをしないよう、ここへたずねてきた理由を単刀直入に話しだした。

「わたしも仲間たちも、ちがう船のキャビンにうつりたいと思う」

とくに社会的に地位の高い女カルタン人は横柄な印象をあたえがちだ。ゲ・リアング＝プオも例外ではなかった。アトランは彼女をいぶかしそうに見るとたずねた。

「わたしの船が気にいらないのか？」

「あなたの船はすばらしい」ゲ・リアング＝プオの声はぎこちない。「部屋を変えてほしい理由はべつにある。わたしたちはここでは異人だ」

「どの船に乗っても、きみたちが異人であることに変わりない」アルコン人は指摘した。

「器官房を持っている者の船はちがう。その者も異人だから」

「サラアム・シインか！」アトランはびっくりした。「きみたちの希望をかれは知っているのか？」

「ええ、すでに話をつけた。受け入れるといっている」

その後、ティフラーとアルコン人はテラ語で相談し、十二人のカルタン人が《ハーモニー》へうつることを許した。かれらはそれを数時間以内に実行した。サラアム・シインは自分の客のことをたずねられると、気持ちのよい正直さで答えた。

「ええ、それほどじゃまではありません。《ハーモニー》はちょっと手狭なんです。でも優秀な技術者ですから、わたしのオルガンの整備を手伝ってくれます」

そのオルガンは、宇宙の孤独のなかでも作曲をあきらめたくなかったオファラーが自分の船に設置させたシントロン・プシオン性の楽器だった。かれの野望は、すくなくとも二千人のオファラー合唱に相当する音楽システムをつくることだ。

サラアム・シインは自分の状況にまったくもって満足していたので、カルタン人をどこかべつのところに収容する理由もない。それ以来カルタン人はほとんど姿を見せなくなった。オファラーはかれらがオルガンの改造に大いなる関心をよせていると主張した。

この遠征隊のために集まった奇妙な種族。ジュリアン・ティフラーは心のなかでおもしろがった。そしてふたたびクロノメーターを見た。

スタートの瞬間まであと二十秒あった。

＊

《バジス》はずいぶん前から小遠征隊の集結点にいた。その点は船団コードの符牒でX

ドアと呼ばれ、あのハンガイ銀河がもたらしたストレンジネスに満たされた未知の時空間がはじまる不可思議な境界から八十光年はなれたところにあった。

　短い加速段階が終わると、遠征隊はメタグラヴ・ヴォーテックスでハイパー空間に入った。中速度で動き、数分後に四次元連続体へもどると、境界に数光時まで近づいていた。

　ジュリアン・ティフラーはこの瞬間のための準備をしていた。《カルミナ》の膨大な測定能力の半分以上が自由に使えた。一風変わったかたちの宇宙船がハイパー空間から離脱すると同時にセンサーが作動しはじめた。ジュリアン・ティフラーは超越的存在〝それ〟にゆるぎない信頼を置いていた。けれども過去には、超越知性体の思わせぶりな言動に怒りをおぼえたことも一度や二度ではない。ヴィールス雲が十二隻の船団をそのままのかたちでとりかこんでいることが探知スクリーンで確認できた。つまり雲はハイパー空間を期待どおりにいっしょにジャンプしたのだ。だがいったいどうやってやり遂げたのだ？　雲にはそれとわかるような駆動システムはない。雲はヴィールス船と同じ物質からできていて機動性が高いと反論する者には、ヴィールス船はプシオン・ネットのラインに沿ってしか移動できないと反論できる。ハンガイ銀河の前にある宙域には、その遺物がいくつかわずかにのこっているだけで、プシオン・ネットはとっくに崩壊していたからだ。

一連のデータがヴィデオスクリーンにあらわれた。シントロニクスがわざわざティフラーのために作成したものだ。スタート直前、ティフラーはヴィールス雲の詳細な現状調査をおこなわせた。それには質量、トルク、電場、磁場の値《あた》いから、ハイパーエネルギー散乱放射や場合によってはハイパーバリー現象まで、ティフラーが自分の好奇心を満足させるために必要と考えたすべてがふくまれていた。そして今回は二度めの現状調査で、スタート直前に測定した値いと現在の値いを比較して、ヴィールス雲が超光速でハイパー空間を移動できる理由を探ろうと考えたのだ。

シントロニクスが自動でおこなった評価に、かれは驚いた。なんの変化もなかったのだ。新しい値いは古い値いと同じだった。これはなにを意味するのだろう？　外部からヴィールス雲に作用して、ハイパー空間を通って輸送する力があったのだろうか？

〝それ〟が自分の手で押したとでも？

「測定精度の限界以下で、なんらかの傾向に気がつかなかったか？」と、ティフラーはシントロニクスに訊いた。

「いいえ」合成音声が答えた。「まるで質量消滅が生じたかのようです。でもわたしたちにはどういうことかわかりません。測定は一万分の一パーセントの質量減少です。測定精度はその倍です」

「ヴィールス質量測定を継続するように」ティフラーはシントロニクスに命じた。「測定回数が多いほど、誤りはすくなくなる」

シントロニクスが返答しかけたが、ティフラーはもう聞いていなかった。明るく澄んだ声が受信機から響いてきた。女性的だが優しさはなくなり、自意識の強いきつい口調だ。

「最初の危機的時点がきました」と、声がいった。「ストレンジネスの障壁を突き進む覚悟はできましたか？」

ティフラーは横からアルコン人を観察した。アトランの表情は不快感もあらわだ。ジュリアン・ティフラーにはそれが理解できた。船長が乗員と船に対する責任をヴィールス雲にゆだねるというのはそもそもむずかしいのではないか？　相手は自分の知力で理解できないものだ。

「こちらは準備できている」ようやくアトランは答えた。その口調には納得できない気持ちがにじんでいる。

「ためらっているんですね」と、ヴィールス雲の声。「あなたの気持ちは理解できますが、ひとつお願いがあります。わたしとわたしを送りこんだかたを信じてください」

するとかすかなほほえみがアルコン人の顔に浮かんだ。

「わかったよ、ヴィーラ。指揮を執れ」

「これから起こることを説明します」ヴィールスの声がいった。「船は船隊としてまとまりのままメタグラヴ・ヴォーテックスを通り、ハイパー空間に入ります。五次元連続体内でストレンジネス境界を横断します。わたしたちがふたたびあらわれるのはハンガイ銀河の辺縁ゾーンです。みなさんがショックを感じることはありません。四次元空間に物体化したらすぐに、みなさんの意識は完全にもどります。ハンガイ銀河の密集した星の塊りの美しさに感動したり、陰鬱《いんうつ》な赤い空が迫ってくるさまに驚いたりする機会もあるでしょう」

「それはきみの想像だね」アルコン人はヴィールス生物を挑発するようにいった。

「そうなるんです」と、ヴィーラはまじめに答えた。

「ではきみは？」と、ジュリアン・ティフラーがたずねた。「きみはどうなるんだい？きみはどうやってストレンジネス・ショックをわれわれから遠ざけるつもりだ？」

「そんなことでテラナーのあなたが悩む必要はありません。大事なのはただわたしがみなさんをショックから守ることだけです」

ティフラーだけはヴィーラの言葉に諦念《ていねん》の響きがあるように感じた。あとひとつ質問しようとしたが、すでに接続は切れていた。

*

宇宙は漆黒で、遠い銀河の鈍いぼやけた光点さえもう見えなかった。展望は変わってしまった。Xドアから見ると、異銀河のストレンジネス・ゾーンが天空のかなりの範囲をぼんやりさせていた。なんの障害もなく銀河間空間を見わたせると無邪気に信じられるほど、まだ十分にクリアな空がのこっていた。

だがやがて状況は変わった。ハイパーエネルギー探知機の測定結果がしめしたように、遠征隊がハンガイ銀河の端から飛来し、異銀河の円盤がこの個所で千光年以上の厚みがあるにもかかわらず、この莫大な質量は巨大な壁のように深淵から上方へ、十二隻の宇宙船の飛行レベルを超える高さまで突出し、前方の見晴らしが完全に遮断された。たしかにハンガイ銀河自体はこの位置からもまだ見えない。だが異質な時空間の飛び地が遠い銀河の視界をさえぎっていた。周囲を見まわし、画面にしめされた《カルミナ》の上や下、左舷や右舷、後方にひろがる宇宙にある、遠い星の島のちいさな渦巻き、楕円または不規則なかたちの光点を見て船首方向に視線を向けると、だれもがなにかがおかしいことに気がついた。そこにあるはずのものが見えないのだった。視界を妨げる障害物があった。

障害物はハンガイ銀河に埋めこまれた異質な時空間の巨大なブロックだ。それは立体角の半分に張りめぐらされ、遠征船団の十二隻の飛行方向にある宇宙の視界をさえぎっていた。このブロックは、プシオン放射の集中発生源だった。超高周波ハイパーエネルギー放射は、ブロックのストレンジネスによって徐々に通常宇宙に同化するという事象をともなった。それと似た事象はドリフェル・ゲートのすぐそばに完全に予想外にあらわれた〝丸太〟でも観察された。いまではもうわかっているが、それはタルカン宇宙からきたもので、異なる大宇宙のストレンジネスにとりつかれていた。何カ月ものあいだだれもそばには近づけなかった。ずいぶんあとになってようやく、〝丸太〟へ向かった者の理性を心配する必要がないほどまで、ストレンジネスが通常宇宙のそれに同化した。

〝丸太〟は感動的なスケールの宇宙船だったが、ハンガイ銀河の巨大な星の塊りにくらべればちいさな埃《ほこり》にすぎない。一千億個の星が異質の時空間のブロックに埋めこまれていた。ハンガイ銀河のストレンジネスが低下して危険なく接近可能できるようになるには長い時間がかかるだろう。

ちいさな船団が動きだした。ナビゲーションはヴィーラが引き受けていた。十二隻の船は最大出力の八十パーセントで加速する。ヴィーラは十二隻の船のシントロニクスに指示した作戦について説明した。

「メタグラヴ・ヴォーテックスが構築されます」

その背景では相対論的速度での飛行の最初の効果を見ることができた。それまで無彩色で白く輝いていた遠い銀河の光点が、徐々に黄色がかった赤に変化していった。

「メタグラヴ・ヴォーテックスは安定しています」ヴィールス雲の声が告げた。

静寂と暗闇のなかに、船団の前には異空間が、滅びゆく宇宙の断片が、ひそんでいる。

「ハイパー空間突入まで、あと十秒」ヴィーラの声は冷静で事務的だ。

ジュリアン・ティフラーは自分の筋肉がこわばるのを感じた。未知に対する恐怖にからだが無意識に反応したのだ。もしヴィーラの計算がまちがっていたら？　ストレンジネスの力が船の防御バリアを破砕して船体を引き裂いたらどうなるだろう？　ジュリアン・ティフラーは、たったいま自分が存在する最後の瞬間を体験したのかもしれないと、数秒間極度の不安に襲われた。

「ハイパー空間に、突入しました！」と、ヴィールスの声。

ジュリアン・ティフラーは、足もとから地面が引き剝がされたように感じた。無重力状態にいる気がした。明滅する明かりにとりかこまれている。ティフラーはアトランのほうを見た。だがアルコン人は輪郭が溶け出した影でしかない。ティフラーの頭蓋に痛みがはしった。目を閉じようとしたが、まぶたの筋肉が思いどおりにならない。幾何学的にゆがんだ、透明な人影が満ちた司令室という非現実的な光景が視界にのこりつづけた。

痛みがより強くなる。ジュリアン・ティフラーは叫んだ。それはまるで鹿の鳴き声だ。その光景がかれを中心にまわりはじめた。どんどん速度をあげていき、さらなる猛スピードで光る渦がとり巻いている。鈍い轟音《ごうおん》が部屋の奥から聞こえた。頭脳がはっきりしている最後の瞬間、ティフラーはそれが自分と同じように苦しんでいる司令室の男女の叫びだということに気づいた。

そのあと、突然、脳内でなにかが引き裂かれ、次の瞬間には快適だが光のない無意識の静寂にかこまれた。

＊

ティフラーはわれに返った。

隣りから枯れ葉がこすれ合うようなちいさな音が聞こえた。目を開けて横を見ると、アルコン人が自分のシートから身を起こしていた。困ったようなほほえみがアトランの唇に浮かんでいる。

「これほどいやな気分になったのは遷移エンジンの時代以来だ」

ジュリアン・ティフラーはあたりを見まわした。司令室はもとにもどっている。まん丸の、円形壁に沿った制御スペシャリストのコンソールと中央の司令コンソール。男も女もまだ意識不明だった。ティフラーとアルコン人は最初に意識がもどった。細胞活性装置がショックを防止してからだを守ったからだ。ティフラーはカレンダーつきのクロノメーターを見た。四四七年九月三十日、標準時二十時五十七分と表示されていた。《カルミナ》がメタグラヴ・ヴォーテックスを通った瞬間から数分しか過ぎていない。まだ頭がぼんやりしていて、それがどういう意味か把握するまで数秒かかった。ヴィールス雲がストレンジネス・ショックを防いだのだ！　危険は乗りこえた。ペレグリンが開発した処置が機能したのだ。

　ジュリアン・ティフラーはためらいながら大型スクリーンのほうに目をやった。まるで、目の前にあらわれる光景を恐れているかのようだ。そこには広大な星の海があった。《カルミナ》のまわりにはひとつひとつの光点に分解できないほど星々が密に集まり、あちこちがまるで堅牢な光の壁のように見えた。ところが星と星のあいだに隙間がある個所では、背景から陰鬱な深紅の熾火《おきび》が浮かびあがっている。なによりも、陰気に赤く燃える光は《カルミナ》が目的地に到達したことをしめしていた。周囲の星はハンガイ銀河に属している。赤く燃える光は宇宙背景の温度が高くなった兆《きざ》しで、タルカン宇宙では千度をすこしこえる温度だ。ハンガイ銀河はみずからの時空間で、赤い背景の光も通常宇宙に運んできていた。それはストレンジネスと同じ程度に徐々に消えていく。時のたつうちに、通常宇宙の宇宙背景と熱的に均衡するだろう。その温度は絶対温度でおよそ三度だ。

　数分間、ジュリアン・ティフラーの視線は画像に注がれていた。八カ月前には存在しなかった、すくなくともこの宇宙には存在しなかった銀河に自分がいるという考えに慣れるまで時間が必要だった。カルタン人が住んでいる惑星や、ナックやマモシトゥやそのほかの、カルタン人と大規模なメエコラー・プロジェクトにとり組んだ種族を発見できるかのように、異界の星々を画面で探した。ラトバー・トスタンがマン・グロから聞いたように、陰気な赤い光を〝最後の六日間〟の預言が計画どおり成就するたしかなしるしと見なすヘクサメロンのカルトのことも考えた。

　それから探知機の表示を見つめ、のこり十一隻の船団が近くにいることをたしかめた。編隊に変化はなかった。ヴィールス雲も前と同じように存在していた。極薄のベールのような構造体で、遠征隊の船を球状にとりかこんでいる。

　司令室の乗組員はだんだんと意識をとりもどしていった。ほかの船から最初の〝異状なし〟の報告が送られてきた。《ツナミ＝コルドバ》のラトバー・トスタンだけはなにもいってこない。ジュリアン・ティフラーは呼び出した。

「《ツナミ＝コルドバ》、ラトバー・トスタン艦長」息切れしたような力のない声だ。同時に頭蓋骨のような顔のもとUSOスペシャリストがスクリーンにあらわれた。

「きみのことをみんなで心配していたんだ」ジュリアン・ティフラーはまじめに声をかけた。「ほかの船はすでに〝異状なし〟の報告をよこしている」

「異状なし？」トスタンは驚いて聞き返した。「聞きまちがいでなければ、あなたはわたしから〝異状なし〟の報告を期待しているのでしょうか？」

「まあ、そういうことだ」ティフラーはほほえんだ。

「なぜわたしが〝異状なし〟と報告を送らなければならないんでしょう。わたしが〝異状なし〟でなかったことが一度でもあったでしょうか？」もどかしそうな声だ。

「移行のショックを感じなかったのか？」

「何秒間かは目眩《めまい》がしましたが」トスタンは肯定した。「そのあとわたしはすぐに操艦可能でしたし、ちいさな友人ポージー・プースも同じでした。倒れたのは五人だけ。ロドニーをのぞいていまはもうみんな回復しています」

「了解だ、トスタン」と、ジュリアン・ティフラー。「《ツナミ＝コルドバ》が操艦可能であると承知した」

「これほどまでに操艦可能だったことはないですよ」ラトバー・トスタンはにやりと笑って接続を切った。

トスタンとちいさな同伴者がストレンジネス・ショックやそれに付随するあらゆることに免疫があったのにはそれなりの理由があった。USOスペシャリストとスヴォーン人はストレンジネス境界をこえてすでに何度も行き来していたのだ。数週間前にハンガイ銀河から帰ってきたときは、ほとんどショックを感じなかった。その現象がいまくり返されたのだった。

〈慣れが免疫をつくる、か〉と、ティフラーはおもしろがった。〈それがもとめられている解決法なのかもしれない〉

そのときヴィーラの声が聞こえた。「すべて順調です」

「ありがとう」と、アトラン。「褒《ほ》められることが好きだといいが、きみはすばらしい仕事をしたよ」

「褒められるのはいつでも大歓迎です」ヴィーラの声は奇妙なことにきわめて真剣だった。「指揮権をあなたにお返しします、アルコン人」

かたやジュリアン・ティフラーは分析プログラムを作動させた。シントロニクスがこの百秒間に測定したヴィールス雲の重要データをXドアスタート直前のデータと比較する。

測定値群内の不一致は、スクリーンに流れるデータ連鎖を人間が肉眼で見てもわかるほどはっきりしていた。

「質量損失！」ティフラーの声が大きくなった。

「そうなんです！」シントロニクスが同意した。「雲はハンガイ銀河への移行時におよそ二十パーセントの物質を失いました」

データの流れがとまった。ジュリアン・ティフラーは異なる時間の測定値が記録された行をじっと見つめた。かれはヴィールス雲が〝それ〟にあたえられた任務をどのようにはたしたか、いまようやく理解した。

急に深い悲しみが襲ってきた。

3

ラトバー・トスタンはハンガイ銀河へ向かった最初の旅でマン・グロと再会し、ハンガイ銀河についてある程度信頼できる宇宙航法データを持ち帰った。

そのおかげで、アルコン人がぶれのない直線コースを決めるために充分な情報が手もとにあった。

遠征船団の暫定目的地はシングイソ星系。一個の恒星とかつての四惑星の残骸からできた四つの小惑星リングで構成されていた。シングイソはハンガイ銀河の中心部のいちばん外側に位置していた。けれども現在ハンガイ銀河の半分しか通常宇宙に移送されていないことや、中心ゾーンも銀河ののこりもハンガイ銀河の主面に垂直で、銀河の重力力学的中心と共有している面に沿って切りはなされていることを考慮しなければならない。

シングイソ星系にはメエコラー・プロジェクトにおいて重要な役割があたえられていた。シングイソはそこからハンガイ銀河のべつの部分を移送するステーションのひとつだった。シングイソはとくに、ハンガイ銀河の第三クオーターの移送のさいに重要な役割をはたすことになっていた。それは本来四四七年八月四日に実施されているはずだったが、期日が延期されていた。ラトバー・トスタンの理解では、ハンガイ銀河の一部を移送するためには、それぞれタルカンにあるステーションとメエコラーにある受け入れステーションが必要だった。シングイソと対になるステーションは、タルカンのアンクラム星系にあった。

もちろんラトバー・トスタンはハンガイ銀河の第一クオーターをどうやって通常宇宙に移送したのかカルタン人にたずねた。なぜなら当時は通常宇宙に受け入れステーションは存在し得なかったからだ。マン・グロは答えなかった。ラトバー・トスタンが頑固に主張したように、マン・グロは思わせぶりで答えなかったわけではない。かれは本当に知らなかったのだ。それはトスタンにとって印象的な事件のひとつだった。マン・グロはメエコラー・プロジェクトの責任者であるにもかかわらず、驚くほどプロジェクトの詳細を把握しておらず、職務を遂行するために必要な情報は、おそらくほかの、よりすぐれた立場の者から得ているという印象を持った。

シングイソ星系は、四四七年一月三十一日の最初の物質移送によって通常宇宙に到達したハンガイ銀河の部分のなかにあった。《ツナミ＝コルドバ》が作成した星図をもとに、《カルミナ》の船載シントロニクスは、船隊の現在位置と惑星シングイソとの距離が四万三千光年だと計算した。十二隻の船のきわめて高性能なメタグラヴ・エンジンにとって、この程度の距離はたいしたことはない。理論的には七、八時間あれば到達できた。

　だがアルコン人は急がなかった。一刻も早くタルカン宇宙へ行き、ペリー・ローダンのシュプールをとらえて友を助けようという気持ちはあったが、理性が次のような計算をさせた。ローダンは四四七年一月三十一日にタルカンで消息不明になった。あれから八カ月が過ぎた。遠征船団がタルカンに五日早く着くか遅く着くかで友の運命が決まることはおそらくない。その反面、通常宇宙へ移送されていまメエコラー＝ハンガイ銀河と呼ばれはじめているハンガイ銀河の一部は未踏の領域で、将来の対立や騒乱の原因となる可能性がある。局部銀河群からきてメエコラー＝ハンガイ銀河へ入り、あたりを見てまわって情報を集める機会があるなら、可能なかぎり調査をおこなうべきだろう。

　アトランはシングイソへの航行を十航程で実行するよう命じた。それぞれの航程のあいだには、四次元空間で数時間の位置確認と観察段階が設けられた。

　船載シントロニクスはアルコン人の命令を保存していた。船隊の十二隻は宇宙航法的に同期がおこなわれた。船隊のスピードがあがり、短い加速段階のあとでハイパー空間に入った。

それが電磁気的な音であれ、ハイパーエネルギー性の音であれ、エーテル中を飛び交う無数の音に耳を傾けることはとても魅力的なことであった。それは知的生命体の証《あかし》であり、果てしなくからみあった星々のどこかに、多かれ少なかれ高度に発達した文明が存在していることの証明であった。

*

《カルミナ》のアンテナがとらえた電磁気信号は、ありきたりで強度も低かった。星の海の奥深くにある送信機から送り出され、すでに数千年も旅しているのかもしれない通信のきれはしにすぎなかった。情報コードが解読できるのはごくまれで、解読できたとしても、送信言語については知識が不足していた。それでもなお、シントロニクスはすべて忠実にマス・ストレージに無限のビット配列で保存していた。ここで受信したのは、ハンガイ銀河の歴史の一片だった。のちにハンガイ銀河とその種族についてもっと多くを知るようになったとき、保存されたデータから重要な情報が得られるかもしれない。シントロニクスは分析の結果、ひろった信号チェーンのなかに五万年前のものがあるかもしれないと考えた。すなわち、記録されたメッセージのなかに、エスタルトゥがまだハンガイ銀河にきたばかりのころのカルタン文明初期のものがないとはいいきれない。いっぽう、センサーがエーテルから引っ張り出したハイパーエネルギー性インパルス列は、歴史的・空想的な推測の根拠にはならない。それは現在のものだった。現時点で起こっているものごとを伝えていた。やがてシントロニクスは全送信の九十九パーセント以上がふたつの個別情報コードで書かれていることを突きとめた。片方はニッキ・フリッケルがハンガイ銀河に進出して以降ギャラクティカーが知るようになったカルタン語だ。もう一方はハウリ人が使っているコードかもしれなかった。シントロニクスはハウリ人の送信を解読するよう命じられた。

カルタン語の送信は、ほぼ正確なテキストで受信できた。《カルミナ》の乗組員は大騒ぎになった。その文章は次のような内容だった。

「……プロジェクト機構からの要請。統合特務コマンドは庇護者クアイ・エアの指揮のもと、炎の鏡の捕縛に成功した。鏡の現在地はドングシー。プロジェクト執行部の最高責任者は、四人の移送を要請する。敵はまもなく大規模な捜索活動を開始すると思われる。いままでに判明しているかぎり、炎の鏡はメエコラー＝ハンガイ銀河における敵の最高位の指導者である。ドングシーは目立つ位置にある。それゆえ移送は至急おこなう必要がある。執行部代理ウルン・チャ、副庇護者」

アルコン人はシントロニクスがプロジェクションしたちいさな画面のメッセージ・テキストを読み、ジュリアン・ティフラーのほうを向くとこういった。

「あれこれ憶測しないでおくのはむずかしいな。敵とはだれだろう？」

「たんにハウリ人だけを指しているのかもしれません。知るかぎり、カルタン人にほかに敵はいないと思います」

「炎の鏡か」アトランはそういうと考えこんだ。「階級名？」

「まちがいないでしょう。ラトバー・トスタンは炎の侯爵について話していました。侯爵はヘクサメロンの執行機関のようです。炎の鏡はその下の地位かもしれません」

「なるほど。そうだとすると、庇護者クアイ・エアが重要人物であるハウリ人を捕らえたということか。そしてドングシーから移送する。そこはカルタン人の惑星基地で、目立つ位置にあるのだろう。つまり、おそらくそこは、敵領域のどこか奥深いところにあるはずだ」アトランがそこまで話すと、ジュリアン・ティフラーは肯定するようにうなずいた。「そこへずる賢い副庇護者ウルン・チャが登場し、この物語を暗号化せずにエーテルのなかへいいふらす。それにどんな意味があると思う？」

ティフラーはほほえんだ。

「あなたが悪魔の代弁者を演じるのを聞いているのは楽しいです。カルタン人は経験を積んだ闘士だから、ふだんから用心しているはずです。おそらく、ドングシーはコードネームで、恒星リストにはのっていないし、プロジェクト執行部しか知らないのでしょう。発信元はまちがいなくドングシーではなく、送信前はドングシーから数千光年はなれたところにあった宇宙船だと思われます。もちろんハウリ人は発信元をめざしたけれども、かれらがきたころには船はとっくに去ったあとだったのでしょう」

アトランは顎に手をあてた。納得しているようには見えない。

「そういうことだったのかもしれない。だが、それがいったいわれわれにどんな関係がある？　カルタン人は炎の鏡を好きなようにすればいい。シントロニクス！」

「はい」コンピュータの声が答えた。

「次の超光速航程はいつはじまる？」

「〇五時四四分です」

ジュリアン・ティフラーがカレンダーつきクロノメーターを見た。超光速航程が開始されるまであと十八分。テラニアの日付では四四七年十月一日だ。

*

最初の三つの飛行航程は完了した。船隊はハンガイ銀河に入ってから一万三千光年弱を航行した。《カルミナ》が四次元連続体のなかでアンテナを起動してセンサーをくりだすたびに、ハンガイ銀河には人口密度が高く、電磁放射やハイパーエネルギー性放射がある高度な文明の拠点が存在する場所がどれほどあるのかと、受信機やデコーダーの担当者たちを驚かせた。

アトランとジュリアン・ティフラーがこの現象について議論しているとき、超現実学者のアンブッシュ・サトーが偶然司令室にいた。アンブッシュはアルコン人の計画を知ると、この遠征隊に参加したいと願い出た。その願いは快く聞き入れられた。《バジス》にある大量の機械器具は一部しか《カルミナ》に持ちこめなかったが、サトーの持つ平行する現実の宇宙に関する幅広い知識と深い理解力がこの計画に大きく貢献すると期待されていた。

　アンブッシュ・サトーは司令コンソールの横に立ち、しばらく黙ってふたりの議論を聞いていたが、やがて口を開いた。

「この件に驚くかどうかは、どの進化論に忠実かによります。新興文明が技術的自殺を予言する理論があり、その仮説によれば、発展途上の文明はいつかあるときみずからを抹殺する手段を持つレベルに達する。可能であることはかならず生じる。この学派はそう主張しています。

　それがまちがっていることは、すくなくとも例外を許さないという点において、われわれの歴史が物語っています。二千年以上前にわれわれはすでに最新の文明リストからわれわれの種を消し去る手段がありました。わたしたちは障害を迂回し、現在も存在しています。

　他方で、自然が知的生命体を創り出す時間が長ければ長いほど知的生命体が増えることは、自明の理でしょう。ハンガイ銀河の故郷であるタルカンは、死にゆく宇宙です。

タルカンがわれわれの宇宙とおなじような発展を遂げたかどうかは不明ですが、もしそうなら、タルカンが誕生してからすくなくとも四百億年以上たっているはずです。想像を絶する長い時間のなかで、自然はどれだけの知的種を生み出すことができたでしょう！」

「もし本当にそうなら、とほうもなく多様な文明があるはずだが」アトランは異を唱えた。「情報コードから文化的な所属を推測するなら、ここにはカルタンとハウリのふたつしか存在しないようだ」

　アンブッシュ・サトーは礼儀正しく会釈した。それが他人の意見の妥当性を疑わなければならない状況になったときのかれのやりかただった。

「失礼ですが、あなたが過去と呼ぶ、二千年はなれた現実の例をもうひとつあげます。当時テラの言語をふたつに減らすという機運が生まれました。それでも地域の関心事や私的な使用が理由でほかの言語も存在しつづけ、けれども重要な公的事柄や遠距離での情報交換は基本言語が使用されました。ふたつの言語のどちらになるかは、当事者がどのパワーブロックにいるかで決まったのです。

　美化された情報コードと言語とのちがいはなんでしょう？　ハンガイ銀河でも二千年前にちいさな地球で起こったことと同じような展開があったようです。個別の文明は無数に存在しますが言語は人工言語のハンゴルをのぞいてふたつしかありません」

アトランはこの痩せた超現実学者ともうしばらく議論する気だったかもしれないが、そのときシントロニクスが報告をあげた。

「司令官に重要な知らせが入りました。お伝えします」

*

画面にはカルタン人の頭部がうつっていた。頭蓋骨を縦にはしる帯状の毛皮は、錆《さ》び茶色をしている。瞳孔《どうこう》が黒く細長い大きな目は感情を表に出さないようにこちらを見ていた。左右に生えた口髭《ひげ》は、太く短い。明らかに男のカルタン人が話しはじめた。

「わたしはヒュー・ウィン、ドグアングの庇護者だ。このメッセージはわれわれの星系に接近する十二隻の異郷の宇宙船に向けたものだ。わたしの言葉をあなたがたが理解できるといいのだが」

こちらが要求するまでもなく、シントロニクスは近辺の星のリストを表示した。天体物理学分析によるといくつかの惑星をそなえたＫ２型のちいさな赤い恒星が、約四光週の距離に位置していた。

アトランが返答した。

「聞こえている、ヒュー・ウィン。わたしはアトラン。ペリー・ローダン救助を目的とする遠征船団の司令官だ。あなたが恐怖を感じているなら、心配はない。あなたの星系に対してわれわれがなにかもくろんでいるわけではない。二時間待ってくれ。そうすればわれわれはこの宙域からいなくなる」

「急がないでくれ！」カルタン人はあわてていた。かれの話す言語はオーグ・アト・タルカンと同じ言語で、カルタン人が死にゆく宇宙で使っているものだった。「あなたがたを恐れているのではない。その反対だ、われわれを助けてほしい。われわれはあなたがたの船があらわれるのを観察し、船の放射を測定した。あなたがたの持つ技術の水準はわれわれよりもはるかに高い」

「どんな用件でわれわれの助けが必要なのか？」アトランはいぶかしそうだ。

「待ってもらえるなら、わたしの心配事について直接会って説明したい。そちらへうかがってもいいだろうか？」

「時間がないんだ」と、アトラン。「ここまでくるのにどのくらいかかる？」

「一時間もかからない」

「では待っていよう」

接続が切られ、アトランはシントロニクスのほうを向いた。

「全船、第二種警戒態勢だ。あのカルタン人は誠実だと思う。だがなにごとも絶対ということはない」

一分とたたないうちにラトバー・トスタンが《ツナミ＝コルドバ》から連絡してきた。

「尊敬する指揮官殿、辛抱できずに話を聞いてしまいました。できるだけ早くこっそりずらかるのがいいと思います」

「ほう!」アルコン人は笑った。「どうしてだ?」

「罠にかけられるのは明らかですよ」と、トスタン。

「カルタンの技術についてはきみのほうがよく知っているだろう。ちいさな赤い惑星からは、ハイパー送信以外にまったく信号は受信していない。つまりあの惑星は、どう見てもちいさなとるにたらないカルタンの前哨惑星にすぎない。仮にカルタン人が罠にかけるつもりでも、それがわれわれにとって大きな脅威になると思うか?」

「いいえ」ラトバー・トスタンはにやりと笑った。「《ツナミ=コルドバ》が持ち場にいるかぎりは」

「では、持ち場につけ!」

*

探知機は物体がリニア空間から突出した場合に生まれる特徴的な再物質化インパルスを確認した。強烈な光をはなつリフレックスが探知画像にあらわれた。カルタン人は目的地にきわめて正確に近づいてきた。姿をあらわした瞬間、その宇宙艇は十二隻の船団からわずか六分の一光秒しかはなれていなかった。

楕円体の大型宇宙艇で、長さ約五十メートル、船首と船尾のあいだで直径ほぼ二十メートルあった。薄いヴィールス雲に進入口が開き、宇宙艇はなんなく進入してきた。

ヒュー・ウィンは、こんどはラジオカムで連絡してきた。

「乗船してもいいか、アタ＝ラン？」

「もちろんだ。歓迎する」

ドッキング作業は数秒で完了した。《カルミナ》の大きなサイドエアロックとカルタン人の宇宙艇がエネルギー性チューブでつながれた。エアロックの光学監視装置で、ヒュー・ウィンがひとりではないことがわかった。三人の背の高いカルタン人を同伴している。金属の鈍い光をはなつぴったりしたユニフォームのような衣服を着ていた。ヒュー・ウィン自身は地味な作業衣姿で、膝丈の深紅のケープを羽織っている。《カルミナ》乗員三人で構成された歓迎委員が出迎え、司令室へ案内した。

「すばらしい船だ、アタ＝ラン。実にうらやましい」と、ヒュー・ウィンが挨拶した。

「こんな船を手に入れたいものだ」

先ほどスクリーンで見たときとちがい、がぜん自信に満ちていた。好奇心旺盛にあたりを無遠慮に見まわしている。商品を買いたたく前にひととおり見てまわる商人のようだ。アトランはヒュー・ウィンの同伴者がベルトに重火器をつけていることに気づいた。

「わたしの船を褒めるためにきたわけではないだろう。たのみごととやらを話してもらおうか」

「いっしょにドグアングへきてもらいたい」

かれは真剣だった。その目はこわばり、視線は鋭い。もはやお願いではなく要求だ！

「残念だが、そこへは行けない。わたしにたのみごとをするというなら、説明が先だろう。その上で、きみたちのためになにができるか考えよう。時間がないのでね……」

「時間はとってもらいますよ」ヒュー・ウィンがアトランをさえぎった。「周囲を見ろ！」

その声と同時にアラームが鳴り響いた。

「二百十隻の宇宙艇が、同時にリニア空間から物質化しました」シントロニクスが報告する。

強烈な光をはなつリフレックスの塊りが探知画像にあらわれた。どれもヒュー・ウィンの宇宙艇にそっくりで、十二隻の船団のすぐそばでリニア空間から姿をあらわした。みごとな連携でヴィールス雲の外に集合し、球状の編隊を形成している。船団は包囲された。

アトランは四人のカルタン人を不機嫌な目つきで観察した。

「知的生物がしめしうる性格的な特徴のうち」アトランの声には怒りがこもっていた。「悪巧みはもっともあさましい」

「道徳の講義はやめてもらおうか」ヒュー・ウィンは低い声でつぶやいた。「ほかにやりかたがあったらそうしていた。あなたの好意はあてにできなかったからね。わたしには船団の助けが必要だ。あなたに選択の余地はない。わたしといっしょにドグアングにきてくれるね？」

　アルコン人はしだいに楽しくなってきたようだ。

「ヴィーラ？」

「あなたがどうしたいかはわかります」受信機からヴィールス雲の声が聞こえた。「わたしがバリアになってカルタン人の兵器を無効にするのはかんたんです。でもそうすると、わたしの物質が失われて本来の任務遂行があやうくなりかねません」

　タルカンのカルタン人たちは二言三言言葉をかわした。ヒュー・ウィンの目が勝利のよろこびで光った。

「聞いたか！」と、叫ぶ。「あなたは無防備だ。われわれよりすぐれた技術を持っているようだが、数ではわれわれのほうがはるかに優勢だからね」

　そこへ受信機からラトバー・トスタンのどなり声が、最近おぼえたばかりのなまりのあるカルタン語で聞こえてきた。

「指揮官、《ツナミ＝コルドバ》は攻撃許可をもとめる。このような無礼は罰しなければ。片舷砲五門の使用許可を。昔のたとえじゃないが、高速道路で轢《ひ》かれた男みたいな挽肉のスープにしてやるぞ」

ヒュー・ウィンがガラガラ声に驚いて身をすくませたようすは愉快だった。急に前ほどの自信はなくなったようだ。その瞬間、このちいさな船団の戦闘能力を低く見積もりすぎたと後悔したのかもしれない。

「許可はしない」アトランはおもしろがっている。「だれひとり、一発たりとも砲撃してはならない。ヒュー・ウィンの依頼に応じる価値はあると思う」

カルタン人がほっとして深く息をついたのがわかった。かれは背筋を伸ばして威厳に満ちた姿をとりつくろった。

「理性を働かせていただき感謝申しあげる、アタ＝ラン」と、へりくだって好意をしめした。

「ドグアングはみなさんを歓迎する」

4

ドグアングは殺風景《さつぷうけい》な寒い世界だった。恒星から数えて、六個ある惑星のうちの二番めだ。《カルミナ》の測定装置によると赤道直径は九千キロメートル強、船載シントロニクスによると表面重力は〇・六八Gあった。大きな陸塊が表面の風景を決定づけていた。頂上を雪におおわれた山脈が大陸を貫くようにのび、ちいさな海には氷塊が漂っている。ドグアングは中心星から八千万キロメートルしかはなれていない。だが、ちいさな赤い星の放射は惑星を適温に温めるには不十分だった。

アトランはここがカルタンの前哨だろうと考えていたがちがった。ドグアングにはいくつかの都市があり、各都市にかなり大きな宇宙港があったが、着陸区域のところどころに何隻かの宇宙船が見えるだけだった。まるでドグアングへの入植者が将来のために建設したように見える。この光景はヒューー・ウィンの二百十隻の宇宙艇が着陸を完了してようやく変化した。

ヒューー・ウィンは、アトランが要求に応じたことで自分は人に好かれる性質だと思いはじめた。かれの宇宙艇はすでに《カルミナ》から切りはなされ、大型のカルタン船に収容された。庇護者は異郷の人々に、ドグアングに関してかれらが興味を持ったあらゆる情報を快くあたえた。この星には何千年も前にカルタン人が入植してきた。いや、この宙域に入植者の敵はいないはずだ。ここはかれや仲間の種族にとってちょうどいい気候だ。この点でかれはおそらく真実を話した。というのは、メエコラー＝カルタン人は寒い星を好んで移住することで知られていたからだ。

《カルミナ》が惑星に近づくと、ヴィーラがもう一度報告した。今回はテラ語で。

「わたしがなぜ惑星表面に滞在しないか、やがてわかると思います。当分、姿を消します。船隊がスタートするときになったら、持ち場につきます」

ヴィールス雲の球殻はすでに変形しはじめていた。球体が割れて、雲が流れていった。探知画像にはぼんやりしたリフレックスがしばらくのあいだ見えていたが、やがて完全に消え去った。

惑星最大の都市はコルパンと呼ばれていた。ヒュー・ウィンによると、そこは二千五百万人の入植者の精神的・政治的中心だという。その宇宙港にはヒュー・ウィンの船団五十隻がすでに着陸していた。《カルミナ》乗組員は敷地面積千平方キロメートルほどの宇宙港に着陸するさいにその特徴的ならせんにくねるアンテナを使った各種ハイパー通信装置で調査をおこなった。アンテナによっては一キロメートルを超える高さまで突き出ていた。

十二隻の遠征隊は反撥フィールドを使って着陸した。《カルミナ》はサラアム・シインの《ハーモニー》といっしょでも充分なひろさのフィールドを生成した。両船のカップリング形状が理由で、《ハーモニー》は着陸後に円板状の船体下側が地上からわずか数十センチメートルで浮遊し、《カルミナ》は二十メートルあまり上で停止した。

ヒュー・ウィンは遠征隊が歓迎されるといっていたが、誇張ではなかった。かれは船から何度も指示を出していた。十二隻の船が宇宙港に着陸すると、着陸場の都市側の周囲に沿って数千人のカルタン人が群がっていた。かれらは明らかに職務として招集され、異人をできるだけ温かく迎え入れるよう指示されていた。

《カルミナ》が停止すると、ヒュー・ウィンは芝居がかった歓迎の辞を述べた。

「あなたがたがわたしたちを助けるためにきてくださり、深く感謝している。惑星ドグアング政府は宿泊や食事、そのほかあなたがたが滞在に必要と思われる設備をそなえたゲストハウスを用意した」

「申し出に感謝する」と、アトランは応じた。「われわれは自分の船に乗っているときがいちばん快適なので、ここで寝泊まりする。ここには宿泊も食事も、そのほかに必要な設備もすべてそろっている。ところで、どんなことでわれわれの助けをもとめているのか説明してもらえるとありがたいのだが」

「われわれに客人をもてなす栄誉をあたえてもらえないということか？」ヒュー・ウィンは失望したようすだったが、それが本心なのか、振りをしているだけなのかはわかりかねた。

「われわれは客人だ。きみの惑星にいるのだから」と、アルコン人は請け合った。「ただ自分の寝室で休みたいだけだ。それできみのもてなしの価値が下がるとはまったく思わない。それより、きみがどんな支援を必要としているのか、聞かせてもらおう」

ヒュー・ウィンはしばし考えこんだ。それから大げさなジェスチャーで船の周囲をうつすスクリーンを指さした。

「ごらんなさい、もう日が暮れます。夜になってから大事なことを話すのはよくない。あすの朝早く、お迎えにうかがおう。わたしは庇護者だ。政府宮殿でドグアング入植者の心配について説明する」

「承知した」アルコン人はうなずいた。

アトランが承諾したので、ヒュー・ウィンはラジオカムでホバークラフトを呼んだ。

数分後、ホバークラフトは地上二十五メートルのところで《カルミナ》のサイドエアロックに接続し、ヒュー・ウィンと同伴者を乗せた。ユニフォーム姿の三人のカルタン人はドグアングまで二時間の飛行中ひとことも口をきかなかった。

＊

　ジュリアン・ティフラーは思案顔で都市の明かりを見ていた。現地時間で真夜中を過ぎたころ、カルタン人がまじめで思慮深く従順な種族であるという噂について考えていた。ひょっとするとドグアングのカルタン人は例外かもしれない。この都市は休むことなく活動している。外部音響センサーを高感度に切り替えると、住宅密集地から宇宙港まで響く騒音が聞こえてきた。

「かれはなにがしたいのでしょう?」そう問うティフラーの声はあきらめぎみだ。

　その小部屋は司令室から数歩のところにあり、快適にととのえられていた。飲み物が満たされたグラスがテーブルに置かれている。ニア・セレグリスとバス＝テトのイルナは、夜のしずかな時間を利用して、ふだんは忙しいパートナーたちとのんびりとすごすつもりにしていた。

「わからない」と、アトランが答えた。「わたしも興味がないんだ。わたしが知りたいのはこの惑星のことだ」

「技術は充分あります」と、ジュリアン・ティフラー。「けれども四光週よりはなれたところからは信号ひとつ送られてきません」

「実に奇妙だ」アルコン人も同意した。「ドグアングのカルタン人は、ひっそり人目につかないことを重視しているのだろうか」

「このあたりに敵はいないとヒュー・ウィンはいっていました」

「ヒュー・ウィンのいうことはうそばかりだ。《カルミナ》が調べたところでは、この宙域はハウリ人の送信機だらけだという。送信機があるところには基地がある」

「いったいどういうことでしょう？」

アトランはグラスを空けた。奇妙な表情が突然かれの顔に浮かんだ。その目が輝いている。まるですばらしい考えが浮かんだように見えた。

「われわれは庇護者の客だ、ちがうか？　政府のゲストハウスに滞在するよう招かれた。その招待をわれわれは断った。だがゲストなら夜遅くにもう一度町へ行ってもいいんじゃないかな。どう思う？」

「当然でしょう。けれども、どうして……」

アトランは手を振ってティフラーをさえぎった。

「わたしにまかせてくれ。同伴者が必要だ。ゲ・リアング＝プオならわたしの思いつきをわかってくれるだろう……」

かれはサーボに《ハーモニー》とつなぐよう依頼した。サラアム・シインがすぐに応答した。画面に顔のない頭があらわれた。カラフルな器官房が頭部の両側にぴったりくっついている。

「歌の師よ、あなたはわたしの大事な友だ。だがいまはあなたに用はない。そちらにいるゲ・リアング＝プオはどうしている？　ちょっと話せるだろうか？」

「あなたとならもちろん」オファラーはよく響く声ですぐに同意した。

画面が切り替わり、カルタン人がうつしだされた。

「ゲ・リアング、われわれが着陸したのはカルタン人の入植惑星だ。もう知っているとは思うが」

「気がつかないほうがよっぽどむずかしい」カルタン人は辛辣《しんらつ》だ。

「わたしはドグアングの文明世界をこの目で見てみたい」と、アトランはつづけた。「役人の同行や監視なしでね。それには事情をよく知っている同伴者が必要だ。いっしょにきてくれるか？」

ゲ・リアング＝プオがためらったのは一瞬だけだった。

「同行する」

アルコン人が立ちあがった。

「第二地上格納庫に五分後だ」

接続が切れた。アトランはちいさなかごからメモ用紙をとりだした。いくつか単語を書きとどめてテーブルの上に置いた。ジュリアン・ティフラーはのぞきこんでそれを読んだ。〝ニア、イルナへ、職務で出かける。あとで会おう〟

アトランは戸口で待っていた。

「急げ。さあ行くぞ」

*

道路は清潔で道幅もひろかった。街灯はカルタンの現代の技術水準だ。建物と緑地が交互に、計算されたように一定の間隔で配置されている。交差点はほぼ例外なく直角に交わっている。建造物に劣化の跡は見られない。ヒュー・ウィンが主張していたように惑星ドグアングはすでに数千年前からカルタン人の入植がはじまっていたのかもしれないが、この都市はまだ二十年もたっていない。

全体的に交通量は多かった。たいていは五、六人乗りのスマートな浮遊機だ。乗客はみなどこかへレジャーに行くようだ。乗り物のガラス部分を通して、色とりどりの服が見える。身振り手振りでおしゃべりに夢中だ。歩行者も何百人と歩いている。みなたがいに知り合いのようだった。声をかけたりかけられたり、グループで熱心に議論している者もいた。

ジュリアン・ティフラーは自分がカルタン人を熟知した専門家だとまでは思っていないが、これまで大勢のカルタン人と接触してきた。かれの知るカルタン人はみんなまじめで責任感があり、ときとして誇り高く、うぬぼれることはまれだった。そんなティフラーにドグアングの住人は異様に見えた。自分の知っているカルタン人とは共通点がすくなすぎる。こんなに大勢のコルパン市民が夜中に遊びや娯楽で出歩いているなんてカルタン人らしくない。町には歓楽を探しもとめる人々の喧噪《けんそう》が満ちている。そのことがかれに奇異な感じをあたえた。まるで大災害が起こる前に最後のはめをはずして大騒ぎしているようだった。

《カルミナ》に搭載されている小型のグライダーでアトラン、ジュリアン・ティフラー、ゲ・リアング＝プオは市街にやってきた。車輛を市の中心部近くの大きな広場に停め、中心部には徒歩で向かった。とくに女カルタン人のゲ・リアングがふたりのよそ者に同伴しているさまは人目を引くにちがいない。けれどもいまのところだれからも話しかけられることはなかった。例外は制服を着た、おそらく地元の警察官だった。かれらも庇護者の招待客だと告げると解放してくれた。ゲ・リアング＝プオが周囲のようすを興味深げに眺めている。ジュリアン・ティフラーは、故郷惑星カルタンと比較しているのだろうと想像した。

町の中心部には、娯楽場が立ちならんでいる。どんな娯楽なのかは外から見てもよくわからないが、アルコール飲料が大量に消費されているにちがいない。ジュリアン・ティフラーは生まれてはじめて酔っぱらったカルタン人を目撃した。ゲ・リアング＝プオは同族のふるまいに驚き、あきれている。

「ブタ野郎！　やつらは行儀というものを知らない」

「なにか見おぼえのあるものはあるか？」アルコン人は彼女の気を紛らわせようとしてたずねた。「あそこに見えるのは遊技場のようだが、カルタンと同じゲームをしているだろうか？」

　ゲ・リアング＝プオは立ちどまり、酒場の呼びものを説明する浮遊ネオンサインをじっくり観察した。

「分離して五万年が過ぎたのに？」ゲ・リアングはまさかという顔をした。「あり得ない」

　だがそのとき、彼女の目がきらりと光った。

「あそこだ！」と、叫んだ。「ホールでバオ・デーのゲームがはじまる」

　そのホールはひろさが優に千平方メートルはあった。何列にもならんだ柱が勾配の緩い切妻屋根を支えている。床はコンクリート打ちっぱなしで、ゲーム台がならべられた列が長くつづいていた。ホールの中央にはプレーしたい人がチームメイトや対戦相手を見つけるためのスペースが空けられている。それぞれの台には給仕オートマタがそなえられ、ゲーム中の台にはどれもグラスが置かれている。ホール内は喧噪に満たされ、禁酒や節制という概念はないようだ。

　ひどく寒かった。気温は三度、両サイドが開放された建物を湿っぽい風が吹き抜ける。

アトランはネットウォーカー・コンビネーション、ジュリアン・ティフラーはテラの艦隊でよく見かける軽装の宇宙服で、ゲ・リアング＝プオだけがカルタン人のあいだで街着と呼ばれているものを着ていた。彼女にとってこの程度の寒さはどうということもない。故郷惑星カルタンで慣れているのだ。

ホールのまんなかで大勢の人のなかに混じったよそ者は注目を集めた。アトランたちの一挙手一投足を怪訝《けげん》そうなまなざしが追いかけた。この遊技場の客は男のカルタン人ばかりで、ゲ・リアング＝プオに罵詈雑言《ばりぞうごん》を投げつけた。ジュリアン・ティフラーは気づかれないようベルト下の自動ホルスターのコンビ銃にそっと触れた。それはどちらかというと反射的な動きだった。もし最悪の事態になっても、武器を使わずこの場から即座に退却するだろう。

「みなさんが奇異に思うのはもっともだ」ティフラーはこちらを穴の開くほど見つめている人々に大声で説明をはじめた。「われわれは遠方からやってきた。同伴してくれているこちらのカルタン人もだ。われわれはみな庇護者ヒュー・ウィンに招かれてきたのだ。そのあたりの事情についてはどの警察官に訊いてもらってもいい。ドグアングの人々に歓迎してもらって楽しんでいるし、感謝もしている」

タイミングよくわかりやすい説明があったのでホール内はしずかになった。人々は向きなおってゲームにもどった。老いたカルタン人がひとりだけ不満げにしている。むしりとられたようにまだらな毛皮、頭の縞《しま》模様は黄色っぽいグレイで、蛾が巣をつくっているように見えた。

「あのグアニはここでなにをしているんだ？」と、ぶつぶついっている。

カルタン語には〝女の生物〟を意味する言葉がたくさんあるが、そのなかでもグアニはもっとも軽蔑的で、テラ語の街娼に相当する。ゲ・リアングはちいさくうなると、きつい声で老人をどなりつけた。

「ここになにしにきた、クイルム？」

彼女は老人と対等にわたり合った。〝クイルム〟は男の生物を指す罵《ののし》り言葉で、浮浪者に相当する。

「ふん、ゲームに決まっているだろう」老人は言葉を絞り出した。

「金はあるのか？」

「ゲームするぐらいの金はあるさ」

ゲ・リアングは服のポケットに手を入れ、鈍く輝く石をとりだした。

「ウェングシアンの鉱山で採れたパオリスだ。おまえがその汚いつめで握っているものより十倍の価値がある。ゲーム五百点分だ。さて、わたしに挑戦する勇気はあるかな？」

老人の目が光った。

「うす汚れたグアニめ……」と、いうとフーッとうなった。

電光石火でゲ・リアングはかれの前に立ち、殴りかかろうと手をあげて鋭いつめを出した。老人はおびえて首をすくめた。

「もう一度わたしをグアニと呼んでみろ」ゲ・リアングはどなりつけた。「おまえの顔にしるしをつけて鏡を見られなくしてやる」

この騒ぎは注目を集めた。だがティフラーの説明が功を奏し、群衆はよそ者を敵視しなくなっていた。鼓舞する声が大きくなっていく。

「やってみろよ、ロー・キン。こんなザクシとゲームできるチャンスなんてまたとないぞ」

ザクシはお世辞だろう。〝若い美人〟という意味だ。ロー・キンという名のその老人は、みんなが応援する声でがぜんやる気になったようだ。

「いいだろう、やってやろうじゃないか。わたしの二十プ・リとあんたの色石で」

ゲーム台が選び出された。コンピュータで制御された図形が踊るスクリーンを見ると、ゲ・リアングは長く柔らかい口髭を逆立てた。

「わたしの故郷では、計算盤を使うゲームだ」彼女は心なしかいらだっていた。「コンピュータ制御がどうなっているか説明してほしい」

ロー・キンは度を超して長々と説明し、見るからにゲ・リアングを混乱させようとしていた。考えられる手は何十もあった。それぞれにちがう組み合わせでバーチャル競技場の下のキイを操作しなければならない。

「もう充分だ」ゲ・リアングはうんざりした。「これでは頭が混乱してしまう。わたしは博士論文を書くわけじゃない、ゲームを楽しみたいだけだ。なにか飲み物を注文してほしい」

「できないね」ロー・キンは断った。「二十プ・リしか持っていない。飲み物は三プ・リだ」

「四人分注文して！」ゲ・リアングは譲らない。「わたしの石と、のこった八プ・リとで戦うから」

ロー・キンはいいつけられたとおりにした。ゲ・リアングは生温かい黄緑色の液体が満たされた四つのグラスを給仕オートマタからとりだすと台の端に置いた。

そしてゲームがはじまった。ジュリアン・ティフラーは興味津々《きょうみしんしん》で観戦したが、ルールがさっぱり理解できない。合間にゲ・リアングが用意した飲み物をちびちび楽しんだ。苦みはあったが味は悪くない。からだが心地よい温かさで満たされる。ゲーム開始五分後、アトランがいなくなっていることに気づいた。だがアルコン人はすぐにもどってきた。片手で持ちきれないほどの硬貨を持って。

「十五年も前のマイクロチップと交換なら悪くないだろう？」と、笑う。「相手はいい買いものができて驚いていたよ」

　ゲームはつづいていた。ロー・キンはしだいに不機嫌になった。バーチャル競技場の上のカウントバーをジュリアン・ティフラーが読みあげた。ゲ・リアングは毎回リードを重ねている。彼女が五百に到達したとき、ロー・キンはまだ三六八だった。

「あんたの勝ちだ」老人は不満たらしく負けを認めた。「石はあんたのもんだ」

「ありがとう」ゲ・リアングはそれだけしかいわなかったが、上機嫌のしるしだった。

「深刻に考えるな、ロー・キン」と、アトランが呼びかけた。「きみは優秀なプレイヤーだし、説明だって上手にしてくれた。あれがなかったらゲ・リアングが勝てたかどうか」

　ロー・キンは、それがどうしたというジェスチャーをした。

「飲み物をごちそうしよう」と、アルコン人。「ここのお金を手に入れてきたから」

　老人は申し出を受けた。みんなの分の飲み物が出てきて、ゲーム台がテーブルに早変わりした。数分後には三杯めの飲み物が配られた。しだいにロー・キンの口が軽くなり、よそ者がどこからきたのかを知りたがった。だが答えを聞いても理解できず、しまいに自分の人生を語りはじめた。かつては治安維持のための警察官だったという。六杯めで自己憐憫《れんびん》がはじまった。涙を流し、額には汗が吹きだした。

「もうちょっとねえ、なんとかなるはずだったんだが」と、嘆いた。「でもいまは夜な夜な遊技場をうろついて、ぎりぎりで生きている。それがあんたがたはどうだ！　身分の高い異人でおられる。ここへ入ってきたとき、わたしはあんたがたを侮辱したのに、無礼を親切で返してくださった。お恥ずかしい。わたしはあんたがたに厚い恩義がある。どうやって礼をすればいい？」

「かんたんなことだよ」アトランがさりげなく答えたので、ジュリアン・ティフラーは思わず耳をそばだてた。アルコン人がおちついたようすでべらべら話すときはたいていなにかたくらんでいる。

「れ、え？」ロー・キンはろれつがまわらない。「なんれしょう？　いってくらさい、なにをどうすればいいか」

「クアイ・エアとウルン・チャはどうしている？」

5

「あれはたんなるあてずっぽうだった」二時間後、グライダーを停めた広場に向かって歩きながらアトランはふたりに説明した。「ドグアングは最初から疑わしかった。これほどの技術があるのに、危険な兆候はなにひとつない。それで、カルタン人が炎の鏡を捕らえているドングシーとやらを探ってみようと思ったのさ。タイミングよくあの男に質問できてよかった。もう一杯飲んでロー・キンがなにひとつ思いだせなくなる前にね」

「ただ、多くは知りませんでしたね」と、ジュリアン・ティフラー。「クアイ・エアは東第四宙域で、カルタン種族の名誉のために英雄的行為を成し遂げ、ウルン・チャは三日前、最後にこのドグアングで目撃された」

「それで充分だろう」と、アルコン人。「つまりわれわれは、正しい場所にいる」

「正しい？　どうして正しいのです？　まるであなたがハウリ人を誘拐しようとしているように聞こえますが」

「そのアイデアも悪くない」アトランは考えこんだ。「ヒュー・ウィンが自発的にわたしにかれをまかせるとは思えないからな」

「かれをどうするつもりです？」

「いろいろ聞き出すんだ」

「ハウリ人はそうはさせないでしょう。そんなことをするくらいなら自殺しますよ」

「ああしかし、まだだれもためしていない方法を思いつくかもしれない。すくなくともフェルマー・ロイドがいる。それにイルナも自分のペドトランスファー能力をためせる」

「それはもうやってみました」ティフラーは記憶をたどった。「でもうまくいきませんでした」

話しているうちに広場に着いた。あまたの車輌からなんなくグライダーが見つかった。ゲ・リアング＝プオは後席でくつろいだ。アトランはスイッチコンソールのある席に着いた。ジュリアン・ティフラーはその隣りだ。

「《カルミナ》へもどれ」アルコン人はハッチが閉まるといった。

「機能不良」と、オートパイロットが答えた。

「診断」アトランが要求した。

ちいさなモニターは暗いままだ。シントロニクスシステムは診断能力すらなくしていた。

「かわりの車輛が必要だな……」

そういいかけて、アルコン人はぎょっとして黙りこんだ。建物の背後に浮遊機がいくつかひそんでおり、人影がこちらへ向かってくる。遠くの街灯の光が重火器の磨かれた銃身に反射した。その人影は音もなくグライダーに近づいてきた。総勢十四人。近くで見ると警察の制服を着ている。

「ハッチを開けて、両手が見えるようにしろ！」力強い声が命じた。

アトランはハッチのスイッチを操作した。ジュリアン・ティフラーは宇宙服のバリアを作動させてグラヴォ・パックで逃げることを考えたがあきらめた。ゲ・リアングを見捨てるわけにはいかない。

「われわれをどうしようというのか？」アルコン人がたずねた。

「庇護者が会いたいといっている」警察官のひとりが答えた。

「力ずくで連れていくと？」アトランは驚いた。「われわれに助けてほしいと懇願していたのに？」

「そんなことは知らない」警察官はつっけんどんにはねつけた。「命令にしたがっているまでだ。車輛に乗ったままでよい。われわれが牽引する」

一分後、大型搬送機がやってきた。人工重力場がグライダーを貨物プラットフォームまで持ちあげて固定すると車輛が動きはじめた。グライダーに乗った三人は襲撃を受けてからたがいにひとことも話さなかったが、アルコン人は鬱積《うつせき》した憤怒をすべて吐きだすようなため息をついた。

「おい、待て！　こんなことをしてると、そのうちおまえたち、目も耳も失うような悲惨な目に遭うことになるぞ」

マイクロフォンをオンにすると話しはじめた。

「《カルミナ》のアトランだ。ティフラーとゲ・リアングとともに、一時的に庇護者に身柄を拘束されることになった。くれぐれも軽率な行動をとらないよう。われわれは危険にさらされてはいない。わたしの不在中はストロンカー・キーンが遠征隊の指揮を執る」

搬送機は市の中心部をはなれ、わずかな照明が照らす住宅街の通りを北へ向かって進んだ。

＊

ヒュー・ウィンがいっていた政府宮殿は、建物から出っ張った飾り気のない角材のようだった。早朝にもかかわらず、ほとんどの窓に明かりがついている。半円形の進入路があり、いくらか豪華に見える階段の下まで通じていた。大型搬送機は階段の前でとまった。数人の警察官が先に走り出て、よそ者が降りるのを見張っていた。
「わたしの車輛の責任はおまえたちに負ってもらう」搬送機の貨物プラットフォームから降りるとアルコン人はそう要求した。「おまえたちがエンジンをおかしくした。こんどは正常にもどしてもらおう。われわれがヒュー・ウィンの用事をすませたら、すぐスタートできるようにして車輛を階段の前に置いておけ」

返事はなかった。制服が四人、ジュリアン・ティフラー、アルコン人、ゲ・リアング＝プオの三人を建物のなかに案内し、反重力シャフトで最上階に向かった。

人がどう思っているかはわからないが、ヒュー・ウィンにはいい面もあった。自分の周囲を豪華に飾っていないことだ。警察官は逮捕者たちを殺風景な控え室に連れてきた。庇護者の仕事部屋はひろいだけで家具はほとんどない。ヒュー・ウィンはどっしりした仕事机の向こうにすわっていた。机の縁には通信ポートがならんでいる。机の両側には四十五度の角度をつけたふたつの受信機に特大のモニターが固定されて立っていた。机の前には簡素な椅子が五脚。床にはなんの変哲もないグレイの弾性カーペットが敷かれていた。天井には照明パネルがいくつも埋めこまれている。家具調度はそれだけだ。部屋には窓さえなかった。

四人の警察官が仕事机に歩みより、そのうちのひとりが報告をおこなった。
「ありがとう。もうさがってよい」ヒュー・ウィンが命じた。

出ていく警察官たちがドアを閉め終わらないうちに、アトランはもう椅子にすわっていた。ジュリアン・ティフラーとゲ・リアングもそれにつづいた。アルコン人は前かがみになった。ヒュー・ウィンがなにかいう前に、アトランは話しはじめた。

「詫びの言葉を聞かせてもらおうか。きみのしたことは、客の歓待どころか野蛮で非道な行為だ。なぜそんなことをしたのか理由を説明してほしい。そのあとで、無礼きわまる庇護者を見かぎって十二隻の宇宙船とともにこの惑星をスタートする」

これまで庇護者にこれほど高飛車な態度をとった者はいなかったのだろう。ヒュー・ウィンは唖然としてアルコン人を見つめた。雑な短い口髭が震えている。低くフーッと息を吐くと、話しはじめた。その声は興奮のあまりかすれていた。

「スパイを歓待する者はいない。昨夜あなたがたは市内をうろつきまわり、この惑星で禁止されている質問をした」

「クアイ・エアとウルン・チャについてか?」と、アトラン。

「そうだ。どこでそれを知った……」

「なぜふたりのことを口にしてはいけないんだ?」アトランはヒュー・ウィンの質問を無視した。「クアイ・エアは英雄で、炎の鏡を捕まえた。ウルン・チャは賢明で、通信を非常にはなれたポイントから送ることができる。そのせいで、なぜか突然ドグアングという名に変わった惑星ドングシーの位置についてハウリ人は完全に惑わされた」

ヒュー・ウィンの自制心は限界に達した。庇護者は飛びあがると、仕事机の上からアルコン人に飛びかからんばかりにかがみこんだ。

「そ……そそそれをき、きいたのか！」かれは激昂のあまりろれつがまわらなくなっていた。「そんなことまで知っているなんて、スパイにちがいない……」

「あるいは、偶然ウルン・チャのハイパー通信を傍受したか」アトランはおちつきはらって庇護者をさえぎった。

「なんだって？　わたしをだますつもりだな。宇宙のまんなかで、数千光年はなれたところから発信されたハイパー通信を傍受しただと？」

「だまそうなどとまったく考えていない」と、アトラン。「実際にあったことを説明しているだけだ」

ヒュー・ウィンは疲れ果てたようにシートにすわりこんだ。はげしい気性のせいで消耗し、頭をかかえた。

「なんてことだ！」指のあいだから声が漏れた。「なぜこの職務に任命されたのだろう！　わたしには向いていないのに。コンピュータの前でプロジェクト管理の統計を計算していれば幸せだったのに。そこへ突然、わたしが庇護者にふさわしいという恐ろしい考えがだれかの頭に浮かんだんだ。いったいわたしはどうすればいい？」

かれは頭をかかえていた腕を降ろした。独りよがりの自己憐憫で絶望している姿に、ジュリアン・ティフラーはもうすこしのところで声を出して笑いそうになった。

「教えてくれ、いまいったことは本当なのか？」庇護者は懇願した。

「本当だ」と、アルコン人。「それにドグアングがドングシーだということも本当だ。ちがうか？」

「そのとおりだ」

「炎の鏡は捕らえられたままここにいるのか？」

「そうだ」

「その男に会いたい！」

ヒュー・ウィンは驚愕して拒絶の身振りをした。

「そんなこと絶対に無理だ。炎の鏡はもといたところにいる。だれも会うことはできない。プロジェクト執行部の指示があるまでは、わたしでさえ会うことはかなわない」

「その指示がくるのはいつごろになる？」

「わからない。とっくに執行部から知らせがあってもおかしくないのだが」

アトランは、この方向から攻めてもこれ以上の進展はないと思い、話題を変えた。

「われわれの助けが必要だといったな。どうやって助けてほしいのか、もういいかげんに説明したらどうだ？」

「それさえわたしにはできない」ヒュー・ウィンは嘆いた。「ドグアングは危険にさらされている。ハウリ人の基地にぐるりとまわりをとりかこまれているんだ。敵がいるのかと訊かれて、真実をいわなかったのもそのとおりだ。あのときは、あなたがたには関係のないことだと思っていた。わたしの防御手段はかぎられている。われわれが生きのこるチャンスは、どれほど目立たないように、訊かれないようにできるかで決まる。わたしはきわめて慎重に行動しなければならないんだ。プロジェクト執行部の同意なしにはなにもできない。もちろんあなたがたの助けは必要だ。だが、あなたがたに手間をとらせる前に、まずプロジェクト執行部の許可がいるんだ」

うそはついていないようだ。自分の地位のためにやったわけではない。言葉数はすくなかったが、かれの悲嘆は、この危険な状況で責任をとりたくないということだろう。そしてくださねばならない決断をプロジェクト執行部にゆだねた。執行部はどこか遠くにあって、おそらくドグアング、別名ドングシーがどのような状況にあるか、まるで知らないのだ。

ヒュー・ウィンはアルコン人の表情から、その疑念を察した。

「それでもここにのこって、わたしのそばにいてくれるのだな？」その声に熱が籠もっていた。

「いっておきたいことがある」アトランはため息をついた。「きみは意気地なしだ。そのことをわたしはかわいそうに思う。もう一日待とう。それまでにどんな助けが必要かはっきりしなければ、われわれは出発する」

庇護者はほっとしたようだった。ジュリアン・ティフラー、ゲ・リアング、そしてアルコン人は立ちあがった。

「われわれは船に帰る」と、アトラン。「車輌をもとどおりにするようきみの警察官に命令しておいた。指示にしたがっていればいいが、それとももう一度わたしの怒りが爆発するかだが」

「ええ、それはもちろん、あなたの言葉どおりにしているはずだ」ヒュー・ウィンはあわてて請け合った。「もしもちがったら、知らせてくれ。責任者を罰しよう」

控え室を通り抜け、ティフラー、ゲ・リアングそしてアトランはひろくて明るい通廊に出た。四人の警察官はもういなかった。三人はぴったりならび、反重力シャフトで一階におりていった。

「庇護者がたんなる情けない弱虫だと思うことにしたとはいえ」と、アトラン。「どういうわけか、われわれをたぶらかそうとしているのではないかという疑いが拭《ぬぐ》えない」

*

《カルミナ》船内では現地の時間配分は適用されていない。ジュリアン・ティフラーは恒星が厚い雲の向こうの地平線にさしかかったころ、ニアの愛撫に身をゆだねて眠りについた。

眠りはおだやかとはいかなかった。夢のなかでヒュー・ウィンとの夜の邂逅《かいこう》が再現された。庇護者はジュリアン・ティフラーがきわめて重要だと思うことを口にした。ティフラーはその言葉が理解できなかったか、あるいはすぐに記憶から滑り落ちてしまったか。そのシーンを何度もくり返し、そのたびに苦労してヒュー・ウィンの言葉に集中し、こんどこそ庇護者のいったことをとりこぼすまいとした。だがその努力はむだに終わった。ヒュー・ウィンの言葉はのこらなかった。聞いたとたんに忘れてしまった。

びっしょり汗をかいて目をさますと、疲れ果てていた。そのあとはもう寝るどころではなかった。ニアを起こさないようにそっと洗面室に行くと、服を着て司令室に向かった。

数時間眠るというアトランの予定もやはりうまくいかなかったようだ。ジュリアン・ティフラーが司令室に入ると、アルコン人はかつてのヴィールス船のメンターであるストロンカー・キーンとラヴォリーとで話しこんでいた。ティフラーもくわわったが、最初は会話に入らなかった。ラヴォリーが無言でかれのほうにコーヒーカップを押しやった。

「ハウリ人のメンタル放射を見つけられるはずだ」と、アトラン。「そのためにミュータントが乗船しているじゃないか」

そういうと顔をあげて呼んだ。

「サーボ！　フェルマー・ロイドとつないでくれ」

三十秒で不機嫌な眠そうな声がした。

「ゆっくり眠らせてもらえないのか。だれの急用だ？」

ミュータントの顔がスクリーンにうつしだされた。フェルマー・ロイドは目を開いているのも辛そうだ。アトランに気がつくと、あわててあくびをかみ殺した。

「仕事だ、フェルマー」アルコン人が告げた。「ドグアングをすこし見てまわってほしい。この惑星のどこかにハウリ人がひとり身をひそめている。そいつを見つけだしたい」

「五分ほどお待ちを。まずは冷たい水で顔を洗ってきます」

フェルマー・ロイドが司令室にあらわれると、アトランは昨夜の出来事を説明し、最後にこういった。

「炎の鏡はどこかのかくれ家にいる。おそらくロボットに監視されて。自分でさえ会ったことがないとヒュー・ウィンがいうのだから」

ロイドは考えこんだ。

「どうもなにかがおかしいと思うんです。庇護者がここへきたとき、その考えを探ったんですが、見つけたのはかたちの定まらない強烈な恐怖だけでした。ヒュー・ウィンがなにを恐れているのかはわかりませんでした。ドグアングの暗号名がドングシーということも、かれがハウリ人をどこかにかくしているということも、まったく考えていなかった」

「問題は、かれが本当に恐怖を感じているのか、それともわざと恐怖の感情に囚《とら》えられて精神をブロックし、だれも入りこめないようにしているのか、ということだ」アトランも考えをめぐらした。

「つまり、テレパスに遭遇することを予想していたということですね」と、フェルマー・ロイドが指摘した。

「そうとはかぎらない。かれが恐れているのはハウリ人だ。ハウリ人はプシオニクの分野でめざましい業績をあげている。おそらくヒュー・ウィンはヘクサメロンの預言者が遠方からかれの意識を盗み聞きすることを恐れているのだろう」アルコン人はそういうと、これ以上この話をつづける気はないという身振りをした。「通常であれば庇護者と会見し、フェルマーに立ち会ってもらって、捕らえられたハウリ人のかくし場所を問いただすことを提案する。そうすればちらっとでも炎の鏡が捕らわれている秘密の場所のことを考えるきっかけになるだろう。だがヒュー・ウィンのように自分の意識に細工している場合は、この方法はさほど有効とは思えない」そういうとアトランはあらためてミュータントのほうに向きなおった。「地上車輌を使って市街とその周辺を見まわってくれ。わたしにはハウリ人の監禁場所がコルパンから遠くはなれているとは思えないんだ」

　ジュリアン・ティフラーはこの会話をうわの空で聞いていた。自分の夢のことに集中し、ヒュー・ウィンが自分の行動の動機について説明したときのキーワードをしつこく思いだそうとしていた。

「ひとつだけ、不可解なことがあります」ティフラーは考えながら話しだした。「庇護者は二百十隻の宇宙艇を動員してわれわれを迎撃しようとしました。そのさいに自分の防御手段はかぎられているともいいました。矛盾していないでしょうか？」

　フェルマー・ロイドはすでに司令室をあとにしていた。司令コンソールのディスプレイに小型格納庫のエアロックが操作されたことが表示された。

「同じことをわたしも考えた」と、アトラン。「答えはシントロニクスが知っていた。ヒュー・ウィンがドグアングで使える宇宙船や艇はぜんぶで二百五十隻ほどあるが、われわれの分析機によると、例外なく超のつく旧式で、武装も最低限だ。これほど危険にさらされている区域の基地に、なぜ不十分な装備しかないのかわからない。ドグアングは絶対に高位のハウリ人の監禁場所として想定されていない。悪い偶然が重なり、庇護者は望んでもいない責任を負う立場になった」

「そうか！」ジュリアン・ティフラーは思わず跳びあがった。「ずっと頭を悩ませていたんです！　〝わたしの防御手段はかぎられている〟とヒュー・ウィンはいいました。ずっと頭にその言葉がこびりついてはなれなかった。ヒュー・ウィンがわれわれになにをたのみたかったかわかりました！　われわれは、それを聞くまでもなく、そのたのみを実現しようとしているんです！」

「どういうことだ、ティフ？」

「庇護者はハウリ人の攻撃を待ち望んでいます。かれはハウリ人が炎の鏡が捕らわれている場所を知っているとわかっているんですよ。ドグアングの軍備は乏しい。ハウリ人に攻撃されたらひとたまりもない。そこへわれわれが近づいてきた。ご親切に何時間も四次元空間にとどまって、かれが頭を働かせて理解を深めるに充分な時間をあたえたというわけです。かれが望んでいるのは、かれのためにわれわれがドグアングを守ることだけです！　だから引きとどめたんです。われわれがドグアングにいるあいだにハウリ人が攻撃してきたら、われわれは防戦するでしょう。それをあてにしているんです。ハウリ人に敬意のはらい方を教えるほどわれわれが強いと思っているんですよ」

　アトランも立ちあがった。

「それでつじつまが合う」アトランは腹立たしげにいった、「きみのいうとおりだ、ティフ。ヒュー・ウィンが表向きはプロジェクト執行部からの知らせを待っているあいだ、ハウリ人襲撃の瞬間が刻一刻と迫っている」

アトランは顔をあげた。

「サーボ！　全船団、ただちに緊急発進に待機せよ。フェルマー・ロイドを大至急呼び戻せ」

運命とはしばしば苦い皮肉をともなう。アルコン人の命令が終わるか終わらないかのうちにアラームが鳴り響いた。けたたましい音を縫うようにシントロニクスの声が告げた。

「未確認飛行物体がドグアング上空五分の一光秒に物質化しました。これまでに確認できた物体は三十三……」

6

フェルマー・ロイドにはラダカムで連絡がとれた。だがミュータントは宇宙港の敷地からすでにどうしようもないほど遠くにいた。かれの帰還を待っているひまはなく、アトランはなるべく住民のすくない場所を探すよう指示した。ハウリ人の最初の攻撃目標が宇宙港だろうということは予想できたからだ。襲撃者はヒュー・ウィンが宇宙船を発進させるのを阻止するはずだ。

十二隻の遠征船団は連なって地面からはなれた。その間にコルパンでも敵の接近に気づき、ラジオカムの全チャンネルで頻繁に交信があった。だがハウリ人は時間をむだにしなかった。恒星の方向から侵入し、無謀な速度でドグアングに突進してきた。遠征船団は惑星を半周し、夜側から上空へ抜けた。

シントロニクスが警報を鳴らしたとき、船内時間は四時三十八分だった。四時五十二分、ハウリ人がドグアングの宇宙港に攻撃を開始した。合計四十二隻の軽戦隊だ。走査機がこの間にハウリ宙船の特徴的な形状を把握していた。容積の大きい船尾と船首が、車輛縦軸に対してかたむいてのびる細いチューブで結合されている。

ハウリ人が遠征船団の十二隻を見落としたのか、あるいは逃亡中と判断して注意を向けなかったのかはっきりしない。いずれにせよ、ハウリ人はドグアングの宇宙港を破壊しつくすことに集中し、すべてやり遂げた。大口径のサーモ・ブラスター砲と分子破壊砲が惑星大気の高さで大音量を響かせた。惑星の反対側ではふたつの赤熱《せきねつ》した炎が急速に拡大していた。

「こちら《ツナミ＝コルドバ》、ラトバー・トスタン」その声は《カルミナ》の司令室の受信機からとどろいた。「尊敬する指揮官殿、わたしの知るかぎり、地上にはひとり重要な男がとりのこされています。かれが地獄に落ちるのを見すごすべきでしょうか。それとも指揮官殿はあの忌々しいハウリ人をどうかされるつもりでしょうか？」

「ラトバー・トスタン、いいところに連絡してくれた」アトランは《ツナミ＝コルドバ》艦長の皮肉な質問に答えた。「もしハウリ人に対抗できると思うなら、きみにまかせよう。乗員と船の責任はきみにあることを忘れるな！　わたしはギャンブラーの作戦が見たいわけじゃない。責任を自覚した艦長がどう行動するか見たいんだ」

「悪い評判はいつまでも消えないもんですな」トスタンはぶつぶつと不平をいった。

「尊敬する指揮官殿、あなたに文句をいわせるようなことはしませんよ。《ツナミ＝コルドバ》離脱！」

　ジュリアン・ティフラーは探知画像で《ツナミ＝コルドバ》が船団からはずれていくのを見ていた。そのときドグアングからの距離は半光秒だった。《ツナミ＝コルドバ》が数秒間最高速度で加速し、探知リフレックスが突然消えた。ラトバー・トスタンはATGフィールドを作動させた。アンティテンポラル干満フィールドに保護されて、《ツナミ＝コルドバ》は二秒後の未来に滑りこんだ。この現象は一般的な言語規則ではこのように記述される。二秒後の未来とは、《ツナミ＝コルドバ》が四次元連続体から出て量子跳躍したという意味と同じだ。どこを探せばいいのかわからない者には知覚できなかったが、逆に《ツナミ＝コルドバ》の艦内からは通常連続体がなんの妨げもなくのぞき見られた。

《ツナミ＝コルドバ》はハウリ人の高度に発達した兵器技術に対抗できる船団唯一の戦闘艦だった。《ツナミ＝コルドバ》は、一連の大口径トランスフォーム砲を有していた。これさえあればハウリ船の多重バリアに対抗できる。

　敵の編隊に変化はなかった。《ツナミ＝コルドバ》が船団を離脱したことをハウリ人は見逃さなかったにちがいない。だが明らかにかれらはこの作戦行動が自分たちとは無関係だと考えていた。もしかれらがもうすこし慎重だったら、この邂逅がどうなっていたかはだれにもわからない。

　惑星大気圏の最高度のすぐ近くに《ツナミ＝コルドバ》はふたたび姿をあらわした。

探知画像にはぎらぎらした光点のリフレックスがあらわれた。ラトバー・トスタンが未来から砲撃しながら出現した。

ハウリ人は完全に不意を突かれた。まさかこの状況に防衛者があらわれようとは予想もしていなかったのだ。ハウリ人よりはるかに技術力の劣るカルタン人が相手だと油断してわずかな兵力で攻めてきたのだ。かれはどこからともなくあらわれた《ツナミ＝コルドバ》に恐怖した。三つの巨大な爆発の赤熱球が、惑星大気圏の殻の上すれすれの宇宙空間にあらわれた。トランスフォーム砲の轟音とともに五隻のハウリ船が消滅した。ラトバー・トスタンは無用のリスクはとらなかった。最初の一撃は宇宙港コルパンを砲撃していたハウリ船団に命中した。《ツナミ＝コルドバ》はふたたび未来へと飛び、数秒後にドグアングで二番めの規模を誇る宇宙港上空に物質化した。重厚なトランスフォーム砲がふたたび火を噴き、ハウリ人はパニックに襲われた。まるで幽霊のように出現したこの攻撃者が何者か、だれも知らない。ハウリ人の自動照準装置が照準を合わせる前に、破壊的効果のある兵器を発射すると消えてしまうのだ。

《ツナミ＝コルドバ》は三度めの攻撃をおこなった。敵はすでに九隻の宇宙船を失っている。十隻めはふらふらと惑星表面に墜落した。《ツナミ＝コルドバ》が三度めに砲撃すると、ハウリ人指揮官は敵が太刀《たち》打《う》ちできる相手でないことを悟った。撤退を命じた暗号メッセージを《カルミナ》が傍受し、シントロニクスが翻訳した。

「全船！　ドングシーへの攻撃をただちに中止せよ……」

ハウリ人の宇宙船が加速した。あわててドグアングから惑星間空間へ散り散りに飛んでいく。ラトバー・トスタンは幸運をつかむためになにをすべきか知っていた。ハウリ人を驚かせ、カルタン人の入植惑星にはあるはずのない兵器で打ち負かした。奇襲の効果がなければ、そしてハウリ人指揮官がもうすこし慎重だったら、まったくちがう結末を迎えていたかもしれない。トスタンは逃げていく船の追撃はあきらめた。ハウリ人が一分後にメタグラヴ・エンジンを使用したのだ。敵船団リフレックスが探知画像から消えた。

「こちら《ツナミ＝コルドバ》、ラトバー・トスタン」《カルミナ》の司令室の受信機からトスタンの声がして、そのやつれた顔が画面にうつしだされた。「尊敬する指揮官殿、ご満足いただけたでしょうか？」

「ラトバー・トスタン、きみがいなかったらどうなっていたことか」アルコン人は嫌味たっぷりだ。「すばらしい仕事をしてくれた。かならずやヒュー・ウィンが勲章を授けてくれるだろう」

ラトバー・トスタンは不快そうに顔をゆがめ、黄色い歯列を見せた。

「指揮官殿、あなたの声に冷笑を感じますが？」トスタンはつづけた。「まあいいとしましょう！　汚れ仕事はだれかが引き受けないといけないし、だからといって感謝されることはほとんどない。とはいえ、ハウリ船が一隻、戦闘でひどく損傷した割に持ちこたえたのを忘れないでください。ここから見たところ、コルパンからさほど遠くないところにさしたる支障なく無事に緊急着陸しています」

「ありがとう、トスタン！」と、アルコン人。「それについては対処しよう」

＊

宇宙港コルパンは煙が立ちのぼる灼熱地獄だった。町の一部も巻き添えになっていた。そこらじゅうがはげしく燃えている。遠征船団は市外北部から遠くはなれた平地に着陸した。着陸前に《カルミナ》はフェルマー・ロイドのラダカムメッセージを受信した。

「ハウリ人の監禁場所を見つけたと思われる。わたしはその近くで待機している。だがメンタル放射はすこし前に停止した。ハウリ人の生死は不明」

遠征船団から合計二十台の地上車輛が出てきた。アトランの命令で十八台のグライダーが大破したハウリ船の緊急着陸場所へ向かった。ジュリアン・ティフラーがのこりの二台を指揮した。かれはフェルマー・ロイドと通信し、ミュータントが記憶している地点の方位測定をおこなった。

火災の濃い煙が深く垂れこめた雲と混じりあう。雪まじりの雨が陰鬱な空から降ってくる。ドグアングのこの地域は午後早い時間だったが、まるで日没後のように暗かった。

フェルマー・ロイドのグライダーは樹木にびっしりおおわれたふたつの丘のあいだの窪地にあった。ミュータントは丘の北側斜面を指さした。

「あたりを見てまわったが、中腹まであと半分ほどのところに、仮兵舎のような窓のないコンクリート打ちっぱなしの平屋があった。二体のロボットがつねに建物周囲を巡回していた。炎の鏡はあそこに捕らえられていると思う」

ジュリアン・ティフラーが仲間に指示を出した。

「ロボットがわれわれの立ち入りを阻止するだろうが、ロボットを失っても庇護者にはたいした問題じゃないだろう。照準を合わせたら、ただちに砲撃しろ」

かれは状況を正しく把握していた。濡れて枝を垂れたグレイの森のなかを兵舎に向かって進んでいく。ロボットが探知機を持っていて武器から出るわずかな散乱放射を検知できたか、または単純に前方へと進む者たちがたてる音に反応したのか、いずれにせよ世界は突然炎につつまれた。衝撃音とうなり音をたてながら監視ロボットの大型サーモブラスターが炸裂した。兵舎のある湿った森の空き地の縁が燃えている。ロボットの射撃は手あたりしだいだった。敵がどこにいるかわからないのだ。その目的は、侵入者を追いはらうことだ。

ティフラーはテレポーターがきてくれることを願った。だがラス・ツバイはアトランの命令で動いていた。藪を通り抜けたところでティフラーは火を吐く監視ロボットを見つけた。サーモブラスターのビームが右側からティフラーがかくれている地点へと移動してきた。ロボット本体ではなくエネルギー・ビームの衝撃音とうなり音がするあたりをねらって攻撃する。外の空き地に白い炎のボールが生じ、森を抜けて爆音がとどろき、丘の中腹を破砕した。

　数秒後に二体めのロボットがおのれの運命を全うし、道が開けた。兵舎の入口はひとつしかなかった。重金属製の扉で閉ざされ、ラッチ機構はジュリアン・ティフラーの信号発生器が生成した連続電子パルスではびくともしない。時間がないティフラーは分子破壊銃でラッチ機構を破壊した。

　建物内にはふたつの部屋があった。手前の部屋は唯一の光パネルでわずかに照らされていたが、なかにはなにもない。施錠されていないもうひとつの扉を通ると、二番めの部屋があった。そこには、豪華とまではいかないがすくなくとも充分な調度があった。背もたれ椅子が三脚とテーブル、クッション寝椅子があり、虜囚の衛生的欲求のための仕切りでかこわれた一角があった。

　すでに遅かった。ハウリ人は寝椅子に横たわっており、生の兆候はもうなかった。かれはこの種族特有の疲れ果てたような外見をしていた。灰褐色のコンビネーションをまとい、胸には〝六日間〟のシンボルが目立っていた。半分の太陽に、右から左へとだんだん大きくなるギザギザが六つあった。

《カルミナ》の医師が動かぬ生物を診察したが、時間はさほどかからなかった。

「死んでいる」そういうとふたたび身を起こした。

「死因は?」と、ティフラーがたずねた。

「そうかんたんには特定できない」医師は不満げに答えた。「ハウリ人の生体については知らないんでね。船に連れ帰ればラボで検査できる。なにかわかるかもしれない」

「それは不要だろう」と、ジュリアン・ティフラー。「かれはハウリ人の攻撃音を聞いた。もしかしたら、かれのコンビネーションの技術装備には攻撃者と連絡がとれるような通信機がふくまれていたのかもしれない。だれかが迎えにきてくれるのを待っていたはずだ。だれもあらわれなかったので、ハウリ人にはなじみの逃げ道を選んだのだろう。自殺したのだ」

外では浮遊機が着陸した音がした。ジュリアン・ティフラーは振り返ると出ていった。かれはちょうどいいときにきた。制服を着たカルタン人が操縦する浮遊機から庇護者ヒュー・ウィンが降り立つのが見えた。ヒュー・ウィンはテラナーに駆けより、

「あなたはわたしの信頼を裏切った!」と、非難した。「虜囚の居場所を探り出し、ロボットを破壊する権利がどこにある?」

ジュリアン・ティフラーはヒュー・ウィンに飛びかかった。庇護者の鈍く光るコンビネーションの襟もとをつかみ、宙に浮いて足がぶらぶらするほど床から持ちあげた。ヒ

ュー・ウィンは驚きのあまり反撃することも忘れていた。

「正義と信頼について語れ、哀れなやつめ」ティフラーはしずかにそういうとカルタン人の短い口髭が自分の顔にくっつくほど引きよせた。「おまえに借りを返してもらう段になって目をむくなよ」

かれは庇護者をあっさり解放した。ヒュー・ウィンはバランスを失って下に落ちた。

ジュリアン・ティフラーは振り返って仲間に呼びかけた。

「ここにもう用はない。行くぞ！」

いくらも時間がたたないうちに三機のグライダーが船団の着地点へともどっていった。

＊

ジュリアン・ティフラーがもどってきたとき、《カルミナ》船内は楽観ムードに満たされていた。かれは司令室でアトランを見つけた。船団のほかの船にはすでに発進命令が出されていた。船載シントロニクスは十二隻すべてを共同制御する準備を進めていた。

アルコン人は落胆したようすだった。ジュリアン・ティフラーは報告をおこなった。

「きみの診断はおそらく正しいだろう」と、アトランがいう。「炎の鏡は救出失敗を悟って自殺した。だが、かれのかわりはいる」

「難破船の乗員で生きのこった者はいたのでしょうか？」と、ティフラーは訊いた。

「数十人はいた」アルコン人は重苦しい声で答えた。「だが、われわれの手に落ちるとわかると、かれらは自殺した。ただひとり意識不明の者がいて、われわれが救助した。かれはこの船に乗っている。ここから発進しだい尋問する。だがいつまで生きのびるかはわからない」

かれはジュリアン・ティフラーを見つめた。

「敵の手に落ちるよりもみずから命を絶つほうがましだと教えるとは、なんと残酷で野蛮な教義だろうか？　ハウリ人のように高度な文明を築いた種族が、どうしてこのような原始的な信念にこだわり、信仰を持ちつづけることができるのか？」

「わたしにはわかりません」と、ティフラーは答えた。「攻撃してきたハウリ船団の指揮官があっさり撤退命令を出したことには驚きました。かれの世界観にしたがえば、最後のひとりまで戦うべきではないのでしょうか。よくいわれるように」

アトランは肩をすくめた。

「かれらの頭のなかを調べたい者がいるだろうか？」そういう声は意気消沈している。「もしかしたら物資が不足しているのかもしれない。司令官は人命ではなく宇宙船を救いたかったのだろう」

ハウリ人について知っているすべてのことを考えると、あるいはその推測が正しいのかも、とティフラーは考えた。

「ヒュー・ウィンに対してどのような態度をとるべきでしょうか？」と、たずねた。

アトランがかれを見るまなざしには奇妙な一貫性があった。そこにはわずかにあざけりがふくまれ、他人の不幸をよろこぶ気持ちもすこしあった。そのほかにもいくつか定義できないものがあり、まちがいなく嫌悪の痕跡もあった。

「どんな態度もとらない。ヒュー・ウィンはわれわれをだました。もしわれわれに誠実に対応していれば、かれが虜囚を失うことはなかっただろう。多くの都市が廃墟となった。ドグアングの宇宙港はそこにあった宇宙船もろとも破壊された。庇護者は知的生命体と物質的価値の多大な損失について、上層部に対して責任を負わなければならない。かれは苦い教訓を得た。われわれを相手にするよりも、もっと大事なことがあるはずだろう」

だがかれはまちがっていた。発進準備はほぼ完了し、アトランは自室へ引っこみ、ジュリアン・ティフラーが遠征隊出発の指揮を執った。そこへラジオカム受信機から声が聞こえた。モニターが明るくなり、ヒュー・ウィンがうつしだされた。

「あなたがたが発進準備をしていると聞いたのですが。本当ですか？」

「本当だ」ジュリアン・ティフラーがひとことで答えた。

「そんなことは許されません！」庇護者は抗議した。「ドグアングにはもう無傷の船はありません。あなたがたの船をのぞけば」

「それは気の毒に。だが、われわれにはいかんともしがたい」

「そんなことはない！」ヒュー・ウィンが叫んだ。「わたしのためにメッセンジャーをお願いしたい……」

「それは無理だ」と、ジュリアン・ティフラーはそっけない。

「それにあなたがたは、わたしの保護下に置くべきハウリ人の捕虜をひとり乗せている。わたしはあなたがたに命じて……」

「われわれがあなたに命令される筋合いはない！」ジュリアン・ティフラーがヒュー・ウィンをさえぎった。「ハウリ船を撃墜したのはわれわれだ。捕虜はわれわれに属する。あなたが考えるべきことは、もしあなたが卑怯者でなかったらもっとうまくやれたのではないかということだ」

庇護者はわめきはじめた。完全に自制心を失っている。異人の裏切り者に対し、カルタンの天にいるすべての神々に復讐を呼びかけた。だが次の瞬間には、寛大さをもとめ、ひとりにしないでほしいと懇願した。ジュリアン・ティフラーは一分ほど好きなようにさせた。それからかれの多弁をさえぎった。

「実に不快だ、ヒュー・ウィン。あなたはおそらく同族の目から見てももっとも軽蔑すべき生物だろう。実際のところ、あなたは庇護者という地位にふさわしくない」

ティフラーは接続を切った。その一秒後、船団の十二隻すべてにティフラーの声が響いた。

「規定時刻に発進する。あと六十秒」

＊

船団が発進した直後にヴィールス雲のヴィーラがふたたびあらわれた。いままでどこにいたのかは些細《ささい》なことだといっさい触れなかった。以前のかたちにもどって十二隻の船を球形の外殻のようにつつみこんだ。そのようすをハイパー探知ははっきりしめしたが、通常の光学系で認識するのは困難だった。

あらたな超光速区間では、Xドアをスタートした直後から《カルミナ》船載シントロニクスが感じていた傾向がはっきりした。ヴィーラは超光速移動に必要なエネルギーを自身の物質からとりだしている。区間ごとの物質損失は一パーセントに満たないが、ストレンジネス境界を突き抜けるさいにすくなからぬ物質を犠牲にしているのは明らかだった。ジュリアン・ティフラーは、ヴィーラがタルカンで物質化したときにはもう存在していないと思うと胃のあたりが妙な感じになった。最後のステップがもっとも困難だ。ヴィールス雲は宇宙間の境界線をこえたとき、完全に消滅してしまうのだ。

すでに八つの航程が過ぎた。暫定目標は九千光年弱はなれたところにある恒星シングイソとその四つの小惑星帯だった。ドグアングでの冒険からすでに数日がたっていた。

船団はさらに進行したが、予期せぬ事件は起こらなかった。船団が位置確認のために四次元空間にもどると、センサーはハイパー通信を傍受して最新情報を探したが、ドグアング星系の出来事について得られた情報はわずかだった。《カルミナ》のシントロニクスはハウリ人の情報コードを解読できるようになり、どの秘密コードであってもハウリ人の通信を解読できるほどになった。

八度めの超光速航程のあとで位置確認中に傍受されたハウリ人の通信は次のような文言だった。

「ノオリ・パン・ロトクはシャムウの地へと旅立った。トゥウン・ロプ・パラルが今後〝時間終止作戦〟の指揮を執る」

このような情報は、一見ドグアングでの出来事とはなんの関係もないようだ。このテキストの評価は《カルミナ》の船載シントロニクスがおこなったが、ほぼ確実にノオリ・パン・ロトクがドグアングで自殺した炎の鏡であることをしめしていた。ハウリ人が〝時間終止作戦〟を進めていることは以前から知られていたが、その仕組みや目的についてはだれも知らなかった。最高位のハウリ人が作戦指揮者であることはまちがいないだろうし、炎の鏡の地位は最高位のひとつだ。シャムウの地はハウリ神話の死の国かもしれない。ノオリ・パン・ロトクの死後、トゥウン・ロプ・パラルというハウリ人が作戦指揮者になった。かれがどのような人物なのか知る者はいなかった。いままでだれもその名前を聞いたことがなかったのだ。

ドグアングに不時着した船の残骸から救助されたハウリ人は、それまで平穏にすごしていた。かれはハウリ人の代謝についてくわしい栄養士が特別に選んで調理した料理や飲み物を摂取していた。それどころか自分の名前、ラオン・テト・ヴェークナーを名乗ることに同意さえした。だが協力しようという意志はそこまでで、そのほかの質問には答えようとしなかった。自分は安全だと思いこませるために、それ以上立ち入った質問はされなかった。自分の持っている情報に異人たちは興味がないのだと信じこませる必要があった。

そして適切な時期がきたら、かれの意識に集中攻撃がおこなわれる。だがどれほどの効果が期待できるか、だれにもわからなかった。テレパスもペドトランスファー能力を持ったバス＝テトのイルナも、これまでハウリ人の思考に入りこめたことはなかった。《カルミナ》の主任医師は、ハウリ人に薬物を使ってしゃべらせるという要求を拒絶した。未知の種族の生体化学反応についてはまったく知らないというのがその理由だった。捕虜の健康を害する危険を冒したくなかったのだ。

アトランはまだ望みを捨てていなかった。べつべつにためして失敗したふたつの尋問方法を組み合わせることにした。

船団が九度めの超光速航程に入ったとき、その適切な時期がきたようだった。

7

そこにいたのはアトランとジュリアン・ティフラーだけだった。大画面のモニターを通してラオン・テト・ヴェークナーが入れられたキャビンを見守っていた。フェルマー・ロイドとイルナは隣り合った左右のキャビンにいた。それがアトランの計画だった。テレパスとペドトランスファー能力者が、ふたり同時に、ハウリ人のメンタルバリアを突破しようという試みだった。

ハウリ人は寝椅子でくつろいでいた。身長は二メートル近いが、痩せて骨と皮ばかり。炎の鏡と同じような灰褐色のコンビネーションを身に着けていた。左胸にはヘクサメロンのシンボルマークがついている。半分の太陽に、右から左へとだんだん大きくなる放射光のギザギザが六つあった。太陽の半円盤は黒色だ。六つのギザギザは輝く赤で目を引く。ジュリアン・ティフラーは死んだノオリ・パン・ロトクの服にあったシンボルは色がちがっていたことを思いだした。詳細なかたちなどはおぼえていない。ただ、金と銀がおもな色だったことだけは記憶にあった。おそらく六つのギザギザがあるシンボルの色はハウリ人の階級をしめすのだろう。

捕虜の頭は無毛で、疲れ果てた印象をあたえていた。うっかりするとラトバー・トスタンにまちがえそうだ。もとUSOスペシャリストがハウリ種族に〝棒切れ〟という名前をつけたのも、ある種の自虐がふくまれていたにちがいない。ラトバー・トスタンほど見た目がハウリ人に似ている者はほかにいなかったからだ。

目だけはちがうのでまちがうことはない。ハウリ人は眼窩《がんか》が深く、その奥底にはふだんなら気づかないほどちいさな視覚器官があった。だがハウリ人は興奮すると目が燃えるように輝き、グリーンの強烈な光をはなつ。

数分が経過した。この計画のために特別に用意されたキャビンの壁には、フェルマー・ロイドとバス＝テトのイルナが行動を開始した証しとして、グリーンの明かりが光っていた。

ハウリ人は突然おちつかなくなり、キャビンの端から端まで行ったりきたりしている。長く細い脚を寝椅子の端まで持ちあげ、まっすぐすわった。骨ばった頭蓋骨を両手でかかえ、上半身をリズミカルに揺らした。

「だれかが自分の意識を操作しているのだろう」アトランが低い声でいった。

ハウリ人が跳びあがった。顔から手をはなして録画装置のほうに向きなおったその目に、ジュリアン・ティフラーは悪魔的な輝きを見た。頭をそらし、甲高い叫び声をあげた。そして一歩踏み出した。まるでカメラがどこにとりつけられているか正確に知っているかのように歩みより、視線をななめ上に向けた。頭しかうつらないほど録画装置に近づいた。薄い唇を開き、とどろくような低い声でハウリ人が歌いはじめた。

「〝神々の息子にしてエシュラア・マグハアスの支配者であるヘプタメルはかく語り、無知な者たちに教えを垂れる〟」

　アトランもジュリアン・ティフラーもハウリ語はわからない。シントロニクスの翻訳機が、歌うハウリ人の気をそらさないよう、ひかえめで抑制した語り口で歌詞を同時通訳した。

「〝六の日ははじまりの終わりである。六の日のはじまりを知らせるしるしは賢者たちが解釈できる。炎の女神ギルラトゥが顔をあげ、熱がひろがる。星々の上空は彼女の力を知らしめるため、オムファルの花のような輝きをはなつだろう。星はたがいに動きだし、接近するだろう……〟」

　それは一風変わった歌唱だった。催眠術のような効果で聞く者の意識に刻みこまれた。歌い手の燃えあがる目によって、見る者は画面に視線を向けられなくなった。ジュリアン・ティフラーは長く伸びる音色が自分の思考を籠絡《ろうらく》して思考能力を麻痺させ、まるでその詠唱が語る出来事の一部になれとばかりに引きよせられる感じがした。

アルコン人は即座に立ちあがり、手動で接続を切った。画面が暗くなって歌唱はやんだ。ティフラーはアトランが額に浮かぶ汗を拭うさまを不思議そう見ていた。

「もう一分遅かったら」と、アトランが鈍い声でいった。「まともな思考ができなくなっていたかもしれない。ハウリ人には用心しないといけない。オファラーと同じくらい説得力のある歌声だ」

ジュリアン・ティフラーは試みが失敗に終わったと悟った。ラオン・テト・ヴェークナーは異人が自分の意識に入りこもうとしたことを察知した。かれらはメンタル壁を破ることができなかった。ハウリ人が歌いはじめると信仰の熱意がメンタルバリアを強化した。

アトランもおそらく同じ結論に達したのだろう。テレカムでイルナがいるキャビンに連絡した。

「努力はむだに終わった。ハウリ人の意識にわれわれの手段は役にたたないことを認めざるをえないな」

応答はなかった。

「イルナ？」

なんの反応もない。アトランは胸騒ぎがした。

「画像を！」と、サーボに命じる。

ふたたびスクリーンにうつしだされたのは小キャビンで、唯一の家具はすわり心地の良さそうなアームチェアだった。バス＝テトのイルナはくずおれていた。目も閉じている。椅子の背もたれに両腕がだらりとたれていた。

「医師を！」アトランの命令が鋭く響いた。

命令はひとことだったが、サーボは状況を把握しているので的確に手配した。アルコン人はハッチへ突進し、キャビンを出ていった。ジュリアン・ティフラーはフェルマー・ロイドと連絡をとろうとした。ミュータントが応答するまでしばらく時間がかかった。ようやく安定した画面にあらわれたのは、この実験で疲労困憊《こんぱい》した姿だった。頬はこけ、額には汗がキラキラ光っている。

「失敗だ」と、ティフラー。

ロイドの顔に苦笑いが浮かんだ。

「本当に？」からかうように訊いた。「はじまってすぐ、これは失敗すると思いましたよ。ハウリ人はわれわれが太刀打ちできないプシオン・エネルギーが使える。その意識に入りこむことはできせんでした。感知してはねつけるんですよ」ミュータントは額に手をあてた。「まるでくるぶしまで沈むような砂地を強行軍するようだった」

「イルナはもっと疲れ果てている」と、ティフラー。「意識を失ったんだ」

フェルマー・ロイドはそれを聞くと、

「すぐにイルナの手当てをしなければ」と、ハッチに向かった。

「アトランも向かっているし、医師も緊急招集されている」

だがその言葉をミュータントが聞いたかどうかはわからなかった。かれは司令室にもどってきた。《カルミナ》はハイパー空間を通るコースをまっしぐらに進んだ。それは最終航程だった。もう一度位置確認をおこない、つづいて最後の超光速航程に入った。

やがて恒星シングイソとその四つの小惑星帯が見えるはずだ。

テレカム着信音がちいさくピーピー鳴った。警告灯が点滅している。

「だれだ？」と、ティフラーが訊いた。

「なんと、聞こえないのか？」ソタルク語の嘆くような声がした。「かれが死ぬほど歌っているのが？」

ティフラーはおどろいた。

「サラアム・シインか、なんの話だ？」

「ハウリ人のことだ」苦しげな口調だった。「かれは魂のエネルギーを自分自身に向けている」

「こっちへきてくれ、サラアム・シイン。ハウリ人の収容場所がどこか知っているだろう」

＊

サラアム・シインの身長は一・五メートル未満だ。樽のような体つきで、二本のがっしりした短い脚にカラフルな刺繍が施された繊細な合成皮革のブーツをはいていた。オファラーは胴体に肩かけを巻きつけ、両側を緩くひもで結んでいる。そのため合わせて十二本の関節のない柔軟な触腕を自由に動かすことができた。きわめてよく動く伸縮自在の首は八十センチメートルもあり、卵形の頭がのっている。サラアム・シインは、いうなれば顔がない。頭の下半分には唇のない口があるが、それ以外、本来なら顔のある面はのっぺりとなにもなかった。オファラーの感覚器官は房状で頭の両側に垂れさがっている。だが重要な器官は胴体から出た頸部にある軟骨質の肥厚した個所だった。肥厚部には極薄だが丈夫な数十の膜がサラアム・シインの発声器官を成していた。ただしオファラーは話さない。歌うだけだ。そしてその歌にはプシオン性要素が宿っている。とくに合唱時はほかの生物の意識に影響をあたえられる。

「かれはまだ歌っている」ハウリ人のキャビンのある通廊でジュリアン・ティフラーと遭遇したとき、サラアム・シインは興奮ぎみに説明した。

　医師はまだこちらに向かう途中で、意識を失ったバス＝テトのイルナは運び去られたあとだ。ティフラーは事情をわかっている者から聞いて、イルナが深刻な状態ではないことを知った。アルコン人は軽いショック状態だった。イルナは数時間後には回復するとのことだった。

ティフラーは両側にいる二体の監視ロボットに、ドアを開けてラオン・テト・ヴェークナーのキャビンに通すよう命じた。苦しそうにあえぐような鈍い音とともに歌声がこちらへ向かってきた。ティフラーはハウリ人が休んでいる寝椅子に突進しようとしたが、捕虜を目にとどめると大地に根が生えたように立ちつくした。

ラオン・テト・ヴェークナーの顔はげっそりして頬はこけていた。奥のほうにあるちいさな目はもう光を失っている。ハウリ人がからだにぴったりつけている腕はブルブル震えていた。歌が鈍くなるにつれ、力のない声が薄い唇からかろうじて漏れ出ている。まちがいない。これは死にゆく者だった。ジュリアン・ティフラーは歌の意味がわからなかった。

あとになって録画をもとに翻訳させた。

「〝新しい宇宙が生まれ〟」と、いうのがラオン・テト・ヴェークナーの最期の言葉だった。「〝原物質の輝く雲の上に支配者へプタメルが漂うだろう。宇宙の強大な仕事を成し遂げ、それをつねに更新しつづける、シャムウの地の神々に敬意を表して〟」

最期の言葉をかすかにささやき、ハウリ人は動かなくなった。腕の震えがとまった。

ジュリアン・ティフラーは寝椅子に近づいた。かれはハウリ人のからだの仕組みを理解していなかった。動かなくなった男の脈をどこで探せばいいのかわからなかったが、落ちくぼんだ顔、うつろな目がはっきりと死を物語っていた。

ラオン・テト・ヴェークナーは死んだ。

快く響く端正な声でサラアム・シインが歌った。

「わたしは、かれの歌にメッセージがこめられているような気がした。それを解き明かすことはわたしにはできない」

ジュリアン・ティフラーはその言葉をほとんど聞いていなかった。これまでにかれがハウリ人について知っていることすべてを考え合わせると、自分たちの信仰を野蛮な方法でひろめようとする度しがたい狂信者だと思わざるをえない。ヘクサメロンの預言者の死をテラナーが哀れむ理由はほとんどない。

だがラオン・テト・ヴェークナーの死はかれの心に響いた。

*

四四七年十月十四日、一般時間十五時二十七分、ちいさな遠征船団は最後の超光速航程を完了した。ラトバー・トスタンの宇宙航法データはなんの問題もなかったことをしめしていた。八光時先にはなんなくシングイソだと特定できる恒星があった。走査機は中心星の周囲に四つの小惑星帯を確認した。

ラトバー・トスタンは次のような言葉ではじまるメッセージを発信した。

「メエコラーからきた異人、ハウリ人のような外見だが、〝最後の六日間〟の預言者にとっては軽蔑以外のなにものでもない。その良き友人のプロジェクト・リーダーのマン・グロ……」

答えを長く待つ必要はなかった。十二隻すべてにカルタン人の声が響いた。

「わが友、ラトバー・トスタン！　きみが帰ってくることはわかっていたし、もっと早く帰ってくると思っていたくらいだ。きみの友人ともども歓迎する。ようこそわが星系に。わたしの宇宙船は第三と第四の小惑星帯のあいだの、なかほどの位置にいる。これより正確な軌道データを送る……」

船隊はのこりの距離を短いメタグラヴ航法で進んだ。マン・グロの船は、ギャラクティカーが三部分に別れたその構造からトリマラン型と呼ぶ大型船だった。ふたつめの無線リンクが確立した。マン・グロはラトバー・トスタンが仲間を連れてきて、自分の船をおとずれてくれたことをよろこんだ。

しばらくして《カルミナ》から発進した宇宙艇には、アトラン、ジュリアン・ティフラー、ゲ・リアング＝プオ、サラアム・シインが乗っていた。オファラーは真剣なおももちでいっしょに行きたいとたのんだのだ。マン・グロを訪問することがかれにとってなぜそれほど大事なのかはいいたくないようだった。ラトバー・トスタンは自分の宇宙艇で《ツナミ＝コルドバ》からやってきた。

マン・グロはこの上なく印象的な姿をしていた。これほど大柄の巨人のようなカルタン人をこれまで見たことがなかった。だがその動きは猫のようにしなやかだ。明るい色の金属のように光るコンビネーションを着て、短いそでから力強い前腕がのびている。マン・グロの体毛は縞模様だった。それだから、ラトバー・トスタンが四分の三ほど埋もれた記憶のなかにあるその姿に〝虎の王〟という名前をつけたのも不思議ではない。

　カルタン人の態度は自信に満ちた親しみやすさが特徴だった。かれの船には居心地よくしつらえられたひろいキャビンがあった。ふだんはプロジェクト会議がおこなわれるそのキャビンを、マン・グロは客をもてなすためにととのえさせた。かれはテラの友人たちの食事や飲み物の好みをラトバー・トスタンから聞いていた。

　心からの歓迎だった。カルタン人のプロジェクト・リーダーが自信満々であることは、ゲ・リアング＝プオを歓迎するようすが物語っている。

「わが同胞の姉妹よ、よくきてくれた」と、かれはいった。「あなたの予感とわたしの予感は同じだ。われわれはみな、死にゆく宇宙からやってきた。きみの種族では女性たちがものごとの進行を決めると聞いたが、われわれのところでは男性が決める。心のせまい輩《やから》はそういうことが気にいらないだろう。だがわたしはものごとをありのままに受けとめる。あなたはわたしの客だ。歓迎する！」

その言葉にゲ・リアング＝プオが答えた。

「あなたのようなカルタン人ばかりだといいのにと思う。われわれは、タルカン出身にせよ、メエコラー出身にせよ、五万年もはなればなれだった。それゆえ、同一種族であるというアイデンティティも類似点も消え去ってしまった。統治するのが男性か女性かということは副次的な意味しかない。われわれには知力を投入して解決すべきはるかに重要な問題がある。あなたはわたしを姉妹と呼んだ。わたしはあなたを兄弟と呼ぼう」

元気を回復する飲み物と極上の料理で会話はすぐに弾《はず》んだ。マン・グロはギャラクティカーの勇気に感服し、かれらが宇宙の境界を突破すると信じた。それに対してアトランはこう明言した。

「要するに、われわれは盲目の愚者だ。われわれの船には、宇宙間の壁に穴を開けることができるはずの装置がすべてそなえられている。われわれはそれをベクトリング可能なグリゴロフ・プロジェクターと名づけた。まだ充分な試験ができていない段階でプロジェクターを信用するのは、われわれの科学者の才能を信じることが唯一の希望だからだ」

「けれどもあなたがたが信頼しているのはそれだけではないでしょう？」マン・グロは興味津々だった。

「ああ、あれを見てほしい！」アルコン人は大画面を指さした。そこには十二隻の船団がちいさな光点でしめされている。よく見ると、船団を球形にとりかこむヴィールス雲のごく薄いベールが見てとれた。「これはわれわれの秘密だ。しかもわれわれ自身でさえ理解できない秘密だ。われわれ種族の良き友が、あのベールのように見える雲の助けを借りれば、無傷でタルカン宇宙に到着できると保証してくれた」

「それは本当に良き友にちがいない。あなたがたが無条件でかれの言葉を信じるのだから」

「このシンボルをつくった者と同類の良き友だ」アトランはそう答えると、マン・グロがコンビネーションの胸につけているシンボルを指した。三角形とその中心点から三本の矢が出ている。

「これはわがプロジェクト機構のマークだ」カルタン人はどうもよくわからないという顔をした。「あなたがたの友となんの関係があるのか？」

「あなたはいままでにエスタルトゥという言葉を聞いたことはないか？」

「以前同じことをわが友ラトバー・トスタンも知りたがった」マン・グロは楽しそうに答えた。「答えはいまも同じ、〝いいえ、エスタルトゥなど知らない〟だ」

　すると、いままでなにもいわなかった者が発言した。オファルの歌手が話すカルタン語は不完全で強いアクセントがあったが、理解はできた。

「でもハウリ人のことは知っていた、ちがいますか？」と、サラアム・シインは歌った。

マン・グロは驚いてその奇妙な生物をじろじろ見つめた。

「そうなんだ、わたしのちいさな友たち！」と、機嫌よく返事した。「ハウリ人についてはすこしなら知っている。わたしの助言者テング・ウーのほうがくわしいと思う。わたしからしたらかれはハウリ人専門家だ。ヘクサメロンの預言者について訊きたいことがあるときはテング・ウーにたずねている。かれは長年ハウリ人を研究しているからな」

「その人と話せるか？」サラアム・シインが訊いた。

「かれはわたしの船に乗っているが、おそらく超多忙だ」と、マン・グロ。

「非常に重要な要件なんだ」オファラーは引きさがらない。「わたしと話せるようにしてくれたら、とても助かる」

カルタン人は明らかに驚いていた。

「わかった！　そんなに大事なことならすぐにテング・ウーを呼んでこさせよう」

サラアム・シインは明るく親しみやすい和音を奏でた。このときジュリアン・ティフラーだけがオファラーの考えを理解していた。サラアム・シインはティフラーに、死にゆくハウリ人の歌が記録されている録画のコピイをわたすようもとめた。

＊

テング・ウーがオファラーを案内したのはひろくて陰気な空間だった。

「ヘクサメロンの預言者の思想が知りたい者は、暗闇のなかで研究するといい。宇宙全体に祝福をあたえる宇宙の炎の作用を説いているのに、暗闇と完全な暗黒こそが〝最後の六日間〟の教えだから」

サラアム・シインはテング・ウーがいったい何歳なのか判断できなかった。体毛は銀灰色で、頭の縞模様は雪のような輝きをはなっている。テング・ウーが老人であることはまちがいない。長い人生の経験を積み重ねてはじめて得られる知恵をそなえていた。

「この歌にはメッセージがこめられているにちがいない」と、サラアム・シインは確信していた。「なにかがわたしの意識にしみこんできた。遠くはなれていてはっきり歌が聞こえたわけではなかったのに、わたしにはそれがわかったんだ、オファラーだけが持っている感覚で」

「ハウリ人にはプシ・エネルギーが満ちている」テング・ウーはそう説明しながら、テラの技術水準で作成された録音をカルタンの装置で再生するためにスイッチを操作した。

「他者の意識に到達して影響をあたえるのはかれらにとってかんたんなことだ。わたしはオファラーとはいかなるものなのか知らないし、あなたがわれわれの言葉をしゃべっても、わたしはすべて理解できるわけではない。けれどもあなたが自分には特別な才能があると考える必要はない。あなたが付帯脳を持っていないかぎり、ハウリ人はあなたの思考に語りかける」

「失礼した」と、サラアム・シインが歌った。「軽率だった。オファラーが自然界の被造物でなにか特別な者だといいたいわけではない」

「それはわかる」テング・ウーはそっけなく答えた。

それから再生を開始した。録音の長さは五分以上あった。サラアム・シインは長くつづく言葉の数々を聞いたが、意味は理解できなかった。ハウリ人の言葉を使いこなせるわけではなかったからだ。録音にはかれに作用したオリジナルの歌のようなプシ・エネルギーはもちろんふくまれていなかった。

最後の音が聞こえなくなるとテング・ウーが口を開いた。

「ヘクサメロンの歌だ。わたしはよく知っている。〝最後の六日間〟の預言者の信仰告白だ」それからしばらくのあいだ考えこんで、話をつづけた。「特定のテキストを歌うことによって精神的な力を強めるハウリ人もいる。あなたが話してくれたこのラオン・テト・ヴェークナーがあらたに得た精神的エネルギーを自殺に使ったのは明らかだ。ハウリ人は絶望的な状況におちいるとかならずそうする。そうすることで〝一の日〟に近づけると信じている。だが、わたしはなにを話しているのだろうか？　あなたはハウリ人について聞きたいのではない。この歌にかくされたメッセージを理解したいのだろう」

かれはオファラーを見た。自分の考えに納得がいくまで、かなりの時間がかかった。

「もしあなたがこの歌をいっしょに歌ったら、なにかのヒントになるのではないだろうか。わたしはあなたの才能については知らないから。ハウリ人の言葉はよくわからないにしても、メロディとリズムは追えるだろう？」

「ぜひやってみたい」サラアム・シインはやる気満々だった。「すばらしいアイデアだ。どうして思いつかなかったのだろう」

テング・ウーは返事をするかわりに、もう一度再生した。死にゆくラオン・テト・ヴェークナーの声が陰鬱な空間を満たした。

サラアム・シインはメロディに集中した。そして熱心に集中すればするほど、その歌が意識に深く入りこんできた。かれはハミングをはじめた。ほどなく、メロディに和音をつけて歌いはじめた。視覚器官を閉じ、周囲の景色を意識から消し去ってすっかりハウリ人の歌に集中した。

やがて、音が共鳴することに気づいた。歌の言葉にかくされたハウリ人のオーラがかれの意識の糸を振動させた。反響がますます強く、鮮明になっていく。

そして突然、かれは言葉を理解した。それは音響的な意味での言葉ではない。ハウリ人のメッセージはその言葉の音ではなくプシオン性インパルスにふくまれていた。そしてサラアム・シインの意識に直接具現化した。

「支配者ヘプタメルが永遠なる穴の縁で見張っている！」

歌唱はやんだ。テング・ウーが再生をとめた。サラアム・シインは視覚器官を開いた。

「あなたが口にした言葉が、あなたが聞いたメッセージなのか？」と、テング・ウーが訊いた。

「そうだ。どういう意味だ？」

テング・ウーがシュッシュッと音を立てた。オファラーの質問がかれを陽気にしたようだった。

「わからない。支配者ヘプタメルはハウリ人の信仰階層で神々のすぐ下に位置づけられている。〝永遠なる穴〟とは何度かのタルカンの喪失に関する。だがなんの表象であるかはだれも知らない」

「このメッセージにはまったく価値がないのだろうか？」サラアム・シインはがっかりした。

「いや、そうじゃない。まったく価値がないわけではない。あなたがたはタルカンに向かっている。カンサハリヤの種族やハウリ人とも出会うことになる。情報を集め、死にゆく捕虜がこの言葉でなにをいおうとしたのか、いつの日か理解するだろう。わたしはそう確信している」

＊

船団は四四七年十月十五日八時二十二分にスタートした。

マン・グロは客たちの無事を祈りつつ別れを告げた。かれは遠征船団が壁を突き抜けてタルカンに到達できるとは思っていないようだった。まるで近い将来にまた再会できるかのようにふるまった。

「もしも期待するような成果が得られなかったら、シングイソ星系はいつでもあなたがたを歓迎することを思いだしてほしい」と、いうのが別れの挨拶だった。

《カルミナ》は船団をシンクロン制御にした。ハイパー空間に突入し、ハンガイ銀河に沿って切りはなしたような平面のすぐ近くに二時間弱で物質化した。

スクリーンにうつしだされた光景は感動的だった。船尾方向には本来この宇宙には属していない異銀河の星の海が輝いていた。船首方向には暗黒がひろがっている。それは銀河間空間の空虚空間の暗闇ではなかった。八カ月半前には現在地から個々の星は見えず、はるか彼方の星の島の多数の光点が見えるだけだった。それはハンガイ銀河にともなう未知の時空間の暗闇だ。死にゆく宇宙からさらに銀河の一部が物質化するのを待つ暗闇だった。

司令室は乗員がひしめいていた。船団は恒星シングイソとして具体化した定点に対して秒速六万キロメートルの速さで、相互飛行で移動していた。ハンガイ銀河の時空間の境界は一万光年はなれていた。けれどもそんなに遠くまで旅をするつもりはない。目的地ははるかに近かった。

「わたしたちにとって最後の危険な瞬間が接近しています」受信機からヴィールス雲の声がした。「まだわたしを信頼しているのなら、最後にもう一度船団の指揮権を引き受けます」

「もちろん信頼しているよ、ヴィーラ」アトランは躊躇《ちゅうちょ》なく答えた。「あちら側へ無事運んでくれ」

「そうします」ヴィールスの声が約束した。「みなさんにさようならをいいます。わたしの使命はほとんど完了したも同然です。もう二度とみなさんと言葉をかわすことはありません」

次の瞬間、十二隻の船は加速した。ヴィーラの指示や報告はもうなかった。メタグラヴ・ヴォーテックスが構築されて安定したことが制御装置の表示で読みとれるだけだった。

ジュリアン・ティフラーは目を閉じ、シードの肘かけを握りしめた。筋肉が緊張している。運命に身をまかせ、自信のなさから生まれた不安に埋もれながら、最後の決定的段階を待っていた。

それは、すべての有機的意識を一撃で抹殺するはげしさでやってきた。

＊

　かれは目を開き、信じられない光景を見た。果てしなくつづく星の海が、船首方向、船尾方向、上下左右の、宇宙に埋めこまれ、その赤い背景光はハンガイ銀河で見たときよりもはるかに強力だった。

　ティフラーの視線は探知機画像を探した。ほかの十一隻のリフレックスがはっきりうつしだされていた。船団は異なる宇宙への移行を統一体として遂行した。

　変わったことはひとつだけ。ヴィールス雲の薄いベールは消えてしまっていた。

　ティフラーはクロノグラフを見た。意識を失ってから十一分が過ぎていた。ヴィーラは二度めのストレンジネス・ショックもはらいのけた。ヴィールス雲はどうなったのだろうとティフラーは考えた。それが知的な存在であったことはまちがいないが、はたして自己の意識を持っていたのだろうか？　自分自身を意識していたのだろうか、あるいは、〝それ〟が遠征船団に提供した道具の役割をはたしただけだったのか？

　かつてコスモクラートに情報処理者として仕えた具象の最後の残りは、反逆したヴィシュナによって乗っとられ、悪用され、ついにはカオタークを激怒させた。その後、混沌の勢力の情け容赦ない攻撃で破壊された残骸がヴィールス船として生まれ変わり、星々への憧れで満ちたギャラクティカーを遠くへ運ぶ役目をになった。その多くは十二銀河の星域に向かって出発し、そこで戦争崇拝と対立した。ドリフェルの噴出によってプシオン・ネットが崩壊しはじめたとき、ヴィールス船はその乗員とともにまだのこっていた最後の通常路で故郷銀河に帰還した。〝それ〟はヴィールス物質を独占して最終的に均質な雲にし、異なる宇宙で行方不明のペリー・ローダンを探すための遠征船団に提供した。

ジュリアン・ティフラーの胸に悲しみが押しよせた。ヴィールス雲が消滅することで、人類の歴史のひとコマが終わりを告げた。数百人のギャラクティカーをストレンジネス・ショックの影響から守るために、どれだけの知性が一瞬にして破壊されたのか！　これほどの犠牲をはらうに値いすることだろうか？

〝それ〟がそう決めたのだ。死すべき定めの者たちが、情の厚い超越知性体の決断を疑うべきではない。

アトランが動きはじめた。シートから起きあがり、重いまぶたでまばたきした。

「今回は散々だったな。だろう？」弱々しい声でたずねた。

「ええ、たしかに。今回はストレンジネス境界だけではなく、宇宙の境界もこえたんですから」

ラトバー・トスタンとポージー・プースはショックを感じなかった。ふたりにストレンジネス免疫があることを疑う者はもういない。《ツナミ＝コルドバ》の百五十人の深層睡眠者の状態は変わっていない。

《カルミナ》のセンサーが作動開始した。カルタン人とハウリ人からのハイパー通信が受信された。すべて例外なくろくでもない報告だった。この宙域の現状を把握するには不十分だ。

船載シントロニクスは、一時間近くかけて半径二千光年の範囲にある星々を調査した。失神していた者たちもその間に意識をとりもどした。

「既知の星位は？」ティフラーはそうたずね終わらないうちに自分の言葉が不条理であることに気づいた。

異なる宇宙に既知の星位があるわけがない。だがかれの質問はまったく無意味というわけでもなかった。そこにはマン・グロが熱心に説明してくれた星群があった。超越知性体〝それ〟の理論的考察が正しければ、ペリー・ローダンがドリフェルに吐きだされたあと、この宙域に物体化したにちがいない。だとすると、かれもきっと、このひときわ目立つ星群に気づいただろう。

「五つの星から構成される星位」と、シントロニクスが答えた。「五つの星は正五角形の頂点をしめしています。そのうちのふたつが明るいルビー、もうふたつがグリーンに、最後のひとつがブルーに見えます。ブルーの星のすぐ近くからハイパー放射パルスが出ていて、この星はわたしたちの現在位置から三百十六光年弱はなれています」

アトランは注意深く聞き入っていた。

シントロニクスの声が聞こえなくなると、

「アンクラムだ」と、断定した。「その星のことはマン・グロが話していた。われわれは正しいコースを進んでいる」

＊

アルコン人は数時間の休息を命じた。船団はモニターの表示をべつにすれば、比較的星のすくないエリアにいた。隣りの惑星とは十八光年はなれている。このエリアにとどまっていれば危険はないようだ。

この数日の出来事は慌ただしく骨の折れることも多かった。十二隻の乗員は睡眠をとり、船の当直員は最小限に減らされた。

ジュリアン・ティフラーとアルコン人は休憩なしでなんとかなる少数派だ。《カルミナ》の司令室は閑散としていた。半時間後にはストロンカー・キーンが当直の任務に就くだろう。

「われわれが出現したポイントをマーキングしておかねばならない」と、アトラン。

「〝それ〟が正しいならば、アンクラム星域の送信機が作動しているかぎり、通常宇宙からきた者はすべてこの星域付近に物質化するはずだ。自分が正しい場所に出てきたとわかったら、きっと心強いだろうからね」

「マーキングはかんたんです」と、ティフラー。「われわれがここへ置いていける小型の宇宙ステーションを建造するのに必要な材料も機器も充分にあります。アンクラムに対する相対位置が変更できないようにしなければなりません。数光年以内の周辺に突然あらわれた宇宙船を検知するセンサーを装備することも可能です。センサーはあらたにやってきた者に、自分より先にきた者がいるというメッセージをインターコスモで知らせるのです」

「それがいいだろう」アトランはうなずいた。「休憩時間が終わったら作業をはじめよう。ステーションが完成するまでどのくらいかかると思う？」

「シントロニクス」と、ティフラー。「質問を訊いたか？」

「はい」

「では答えてくれ！」

「既存のロボット製造装置を使用し、事前に詳細な計画を立てておけば、三時間もかからないでしょう」

「それならできますね」と、いうと、ティフラーは笑った。

大型スクリーンには、光学系を操作して前面に表示されたカラフルな恒星の五角形が輝いていた。

「それが終わったらアンクラムへ向かおう」

「ですが用心も必要です」ティフラーが警告した。

それを聞いたアルコン人はとまどった目でティフラーを見た。

「なぜ用心が必要なんだ？」

「それは、サラアム・シインがいうには、支配者ヘプタメルが永遠なる穴の縁で見張っているからです」

アトランの眉間《みけん》に、受け入れがたいというような縦じわがよった。

「きみは数時間の睡眠をとるといい。おかしなことをいいはじめたからね」

あとがきにかえて

井口富美子

ヴィールス雲が己《おのれ》を犠牲にして船団を守り、消滅した。本巻を訳しながら、私はそれが一番悲しかった。現実の世界では、破壊されたウクライナの街をニュースで目にするたびに暗澹《あんたん》たる気持ちになっている。各国に受け入れられた約八百万の難民も、祖国に残る家族の消息がスマートフォンで知ることができてうれしい反面、連絡が途絶えて亡くなったと分かるというのもさぞ辛いことだろう。

第二次世界大戦末期、旧ドイツ東部領土やポーランド、チェコスロバキアなどからドイツ系の住民が大量に追放され、また進撃するソビエト連邦軍から逃れたりして、千二百万人以上が戦後のドイツ領内に移住した。寒さや飢え、病気や民間人による襲撃で命を落とした人は少なくとも数十万人と推定されている。家族を亡くした身寄りのない子供たちも多かった。私が仕事で知り合ったドイツ人の中にも、旧ドイツ領から強制送還された孤児だったかたが二人おられた。

一人は石瓦製造会社の社長さん。仮にシュミットさんとしておく。日本の商社が洋風の家にマッチした住宅資材として玄昌石（いわゆるスレート）を輸入することになり、来日された。神戸にある異人館「うろこの家」のような屋根と言えばご想像いただけるだろうか。前半一週間は視察やプレゼン、後半一週間は住宅展示場で日本の職人に屋根の葺《ふ》き方を教えながらモデルハウスに屋根を葺くという日程だった。

視察では東北にあるスレート採掘場を訪ねた。ジープを大きくしたような専用の車輛で螺旋状の坑道を地下深く潜ったときはひんやり寒くて恐ろしかったし、屋根葺《ぶ》き現場では真夏に高所の足場にあがって通訳し、暑さが身にこたえた。その一週間は通訳というより力仕事で、最終日には自分一人で屋根が葺けるくらいの自信がついた。

ある日、現場から宿舎のホテルに帰る途中、シュミットさんが遠くのほうにうろこ屋根の教会を見つけた。予定外だが訪ねたいというので急遽アポなしで訪問。シュミットさんは戸惑う牧師さんを尻目にさっさと屋根に登り（！）壊れていると言って一枚ひっぺがしてしまった。驚いた牧師さんが元通りにして欲しいとおっしゃるので（当然だ）、車に積んであった石瓦をハンマーで手早く面取りして差し込み、即座に修理完了。さらに、「スレートも屋根板もとても劣化しているから葺き直したほうがいいですよ」と真剣な面持ちでお勧めされた。今の時代なら屋根修理の詐欺と間違えられそうだ。そんな営業力と熱意で会社を一代で大きくされたのだろう。戦争中に両親を失って双子の姉と孤児になり、ポーランドから強制送還されて二人別々の家に引き取られたそうだ。茶目っ気のあるかたで、空港での別れぎわ、ハートの形にした石瓦をくださった。

　もう一人は会社員時代に取引先におられた部長さん。マイヤーさんとしておこう。マイヤーさんは旧ドイツ領から引き上げ中に孤児になったが、幸いにもベルリンにいた叔父さんの消息が分かって引き取られた。やはり天涯孤独になった叔父さんが苦労して男手一つで大学まで面倒を見てくれたので、大企業で出世して恩を返したのだという。スペインに別荘があるような裕福な暮らしで悠々とされているはずなのに、私に自社の車を買えと勧めてこられたのには閉口した。私の年収の一・五倍はする高級車だった。さすが元やり手の営業マン。どんなに偉くなっても知り合った人に売り込むのが習い性になっていたのだろう。

　シュミットさんもマイヤーさんも、人一倍エネルギッシュなかただった。私が知り合ったのは辛い子供時代を乗り越えて成功した人たちだが、敗戦当時は多くの子供たちがだれに看取られることなく飢えや寒さでひっそり死んでいったと思うと胸が痛む。ドイツはさまざまな理由でウクライナへの戦車提供に躊躇したが、歴史を考えるとためらって当然だろうと私は思う。

さて、歴史ある宇宙英雄ローダン・シリーズで私が翻訳を担当したのは本巻で八冊目となった。最初の担当巻『中央プラズマあやうし』の前半の翻訳に取りかかったのは二〇一八年。この五年間で世界も日本も激変した。私個人も遠方への引っ越しや家族の急逝《きゅうせい》などを経験し、一冊目が遠い昔のことのように思える。SFの翻訳は初めてだったので分からないこと知らないことばかり。途方に暮れて何度も泣きそうになった。それでもなんとかやってこられたのはひとえに早川書房編集部の皆様のお力添えがあったからこそ。そして楽しんで読んでくださった読者の皆様のおかげだ。心から感謝申し上げたい。ありがとうございました。

2000年代海外SF傑作選

橋本輝幸編

独特の青を追求する謎めく芸術家へのインタビューを描き映像化もされたレナルズ「ジーマ・ブルー」、東西冷戦をＳＦパロディ化したストロス「コールダー・ウォー」、炭鉱業界の革命の末起こったできごとを活写する劉慈欣《リウ・ツーシン》「地火《じか》」など二〇〇〇年代に発表されたＳＦ短篇九作品を精選したオリジナル・アンソロジー

2010年代海外SF傑作選

橋本輝幸編

〈不在〉の生物を論じたミエヴィルのホラ話「〝《ザ・》〟」、ケン・リュウによる歴史×スチームパンク「良い狩りを」、仮想空間のAI生物育成を通して未来を描くチャンのヒューゴー賞受賞中篇「ソフトウェア・オブジェクトのライフサイクル」など二〇一〇年代に発表された十一篇を精選したオリジナル・アンソロジー

ハヤカワ文庫

訳者略歴　立教大学文学部日本文学科卒，翻訳家　訳書『ブラックホール攻防戦』マール＆ヴルチェク，『盗聴拠点ピンホイール』シドウ＆フランシス（以上早川書房刊）他多数

HM=Hayakawa Mystery
SF=Science Fiction
JA=Japanese Author
NV=Novel
NF=Nonfiction
FT=Fantasy

宇宙英雄ローダン・シリーズ〈686〉

〈九月《くがつ》の朝《あさ》〉作戦《さくせん》

〈SF2402〉

二〇二三年四月　十　日　印刷
二〇二三年四月十五日　発行

（定価はカバーに表示してあります）

著者　アルント・エルマー
　　　クルト・マール
訳者　井《い》口《ぐち》富《ふ》美《み》子《こ》
発行者　早川　浩
発行所　株式会社　早川書房
郵便番号　一〇一 - 〇〇四六
東京都千代田区神田多町二ノ二
電話　〇三 - 三二五二 - 三一一一
振替　〇〇一六〇 - 三 - 四七七九九
https://www.hayakawa-online.co.jp

乱丁・落丁本は小社制作部宛お送り下さい。
送料小社負担にてお取りかえいたします。

印刷・信毎書籍印刷株式会社　製本・株式会社川島製本所
Printed and bound in Japan
ISBN978-4-15-012402-1 C0197